Ayo Belajar Bahasa Indonesia

印尼語輕鬆學 新版

王麗蘭　著

作者序

真的可以輕鬆學會印尼語！

在台灣做印尼語言和文化的教學工作已經邁入第十二年。對於許多外語的教學來說，似乎不是一個特別長的過程，但是，對於印尼語來說，可說是台灣很重要的里程碑。我記得民國101年在政大第一次開課時，只有七位學生來選修，而近年開課時，選修的學生一度高達七十位，班上還差一點坐不下。

到底為什麼會有這麼多人想要選修印尼語呢？除了近年來政府的政策、社會的需求之外，我覺得還有一個重要的因素，是我的教學理念「輕鬆快樂地學習」。很多學生向我反映，從來沒想過學習一個外語可以這麼快樂，這麼有趣！這也是我多年來在學生身上努力實踐的一點：要學好一個語言、想要認識一個文化，必須先從學生有興趣、有需求、有趣的、快樂的地方入手。

多年來我秉持這樣的教學理念，過程中也不斷修正語言教學和文化介紹的比例，我一直認為語言只是溝通和跨文化理解的第一步，所以率先做好口語的溝通和聽力的訓練是學習外語的當務之急。於是我著手撰寫這本教材書《印尼語輕鬆學》，希望讓台灣的讀者用輕鬆愉快的方式認識印尼語言和文化。

我常說，掌握了印尼語，就等於掌握了整個島嶼東南亞，這句話一點也不誇張。因為其實印尼語來自馬來語，除了有一些詞彙不一樣之外，兩個語言、文法相似度甚高。希望本書開啟台灣讀者對印尼、馬來社會的興趣，有機會的話再更進一步學習下去。到時候，到印尼、馬來西亞、新加坡和汶萊就完全難不倒你了！

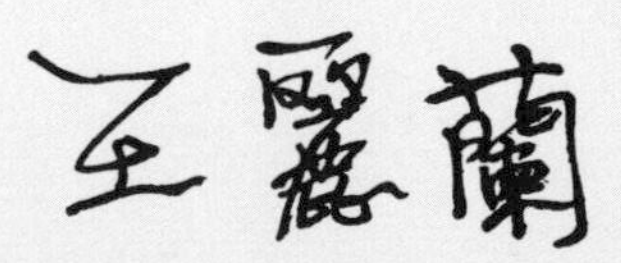

2023年7月於基隆

如何使用本書

《印尼語輕鬆學》從印尼語的26個字母開始，零基礎也沒問題！先用前三堂課打好發音基礎，第四堂課再用簡單的招呼語帶你做暖身，第五堂課開始則以會話為核心，帶你熟悉關鍵單字、重點句型與文法。每課最後還有小測驗、文化專欄及文化體驗活動，讓你邊學語言邊融入印尼式生活，打造最活潑、好學的印尼語教材！

STEP 1 掃描音檔QR Code

在開始課程之前，別忘了拿出手機掃描封面的QR Code，就能立即點聽書中所有音檔喔！（請自行使用智慧型手機，下載喜歡的QR Code掃描器，更能有效偵測書中QR Code！）

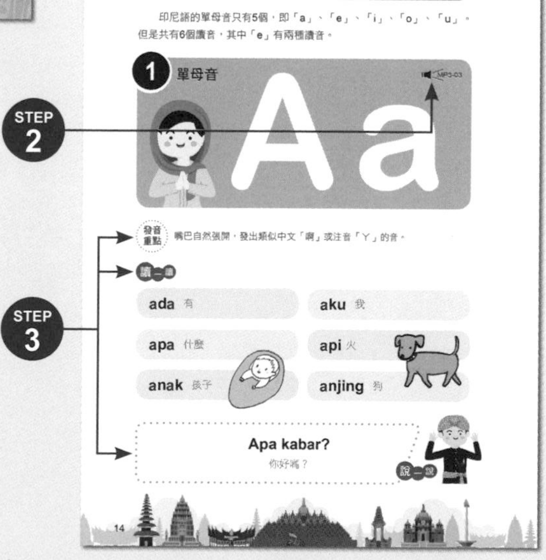

STEP 2 找到音檔軌數

取得音檔後，只要看到書中有標記MP3軌數的地方，都能找到對應內容的音檔，快來試試吧！

STEP 3 發音

從26個字母到單雙母音、單雙子音，皆有「發音重點」、「讀一讀」、「說一說」，一步步帶你練發音、學單字、練習短句！

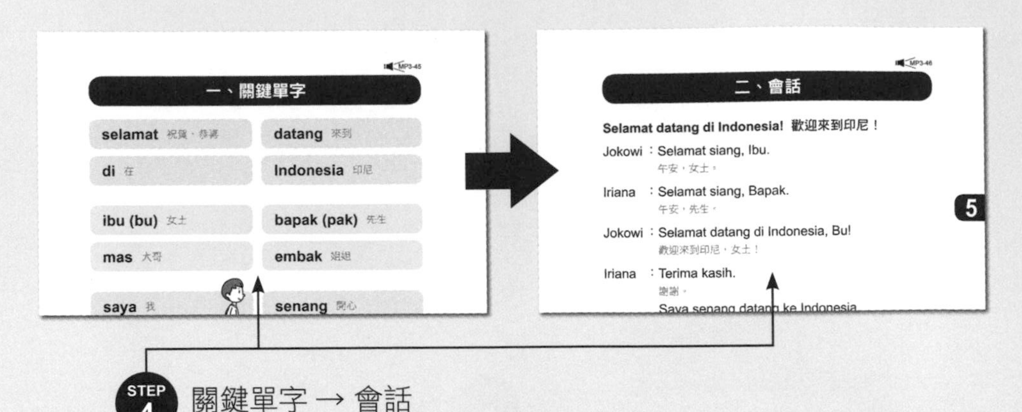

STEP 4 關鍵單字 → 會話

如何有效運用本書，輕鬆學習印尼語呢？建議先充分熟悉該課的單字，如此一來，就能順利理解會話內容喔！

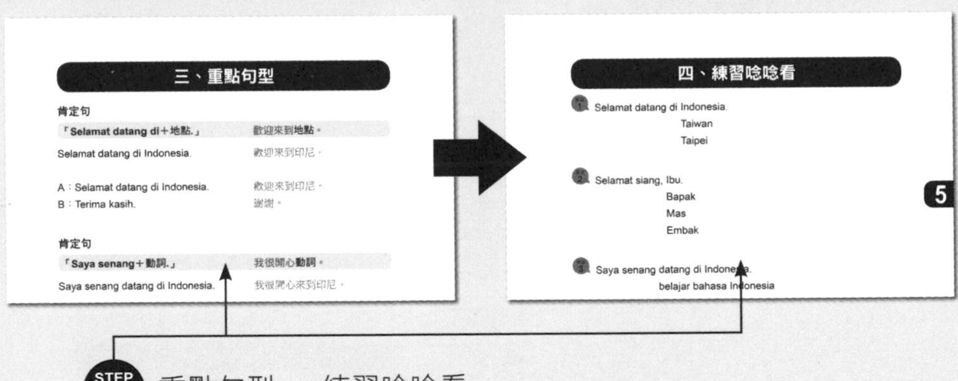

STEP 5 重點句型 → 練習唸唸看

熟練會話後，作者再挑出會話中出現過的重點句型，讓你在了解句子結構之餘，更能馬上在「練習唸唸看」中實際運用、舉一反三！

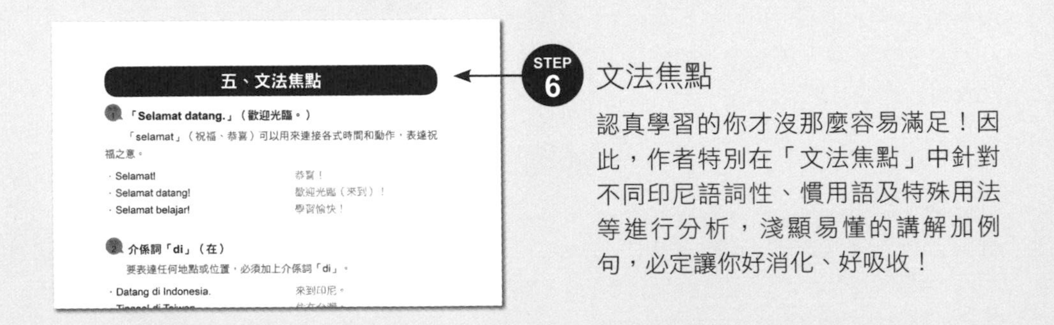

STEP 6 文法焦點

認真學習的你才沒那麼容易滿足！因此，作者特別在「文法焦點」中針對不同印尼語詞性、慣用語及特殊用法等進行分析，淺顯易懂的講解加例句，必定讓你好消化、好吸收！

小測驗

聽一聽 聽聽MP3，並選擇正確的答案。MP3-47

1. Selamat siang, __________.
   A. Bapak　B. Ibu　C. Mas
2. Selamat siang, __________.
   A. Bapak　B. Ibu　C. Mas
3. __________ di Indonesia.
   A. Selamat siang　B. Selamat pagi　C. Selamat datang
4. Saya senang __________.
   A. datang ke Indonesia　B. datang di Taiwan　C. belajar bahasa Indonesia
5. __________! Kita pergi.
   A. Terima kasih　B. Selamat　C. Ayo

說一說 請根據題目，說出正確的印尼語。

1. 有印尼朋友來台灣，你要跟他說：__________
2. 印尼朋友的媽媽來台灣，你要稱呼她：__________
3. 你要表達你很喜歡學習印尼語，你可以說：__________
4. 遇到賣飲料的小姐，你可以稱呼她：__________
5. 想要叫同行的朋友出發，你可以說：__________

讀一讀 請選出正確答案，並試著唸出來。

1. 來到
   A. selamat　B. di　C. datang
2. 女士
   A. ibu　B. bapak　C. mas
3. 開心
   A. senang　B. kita　C. datang
4. 學習
   A. tinggal　B. belajar　C. makan
5. 印尼
   A. Taiwan　B. Indonesia　C. bahasa Indonesia

寫一寫 請在空格內寫上正確的答案。

Jokowi：(1) __________, Ibu.
中午好，女士。
Iriana：Selamat siang, (2) __________.
中午好，先生。
Jokowi：Selamat (3) __________ di Taiwan, Bu!
歡迎來到台灣，女士！
Iriana：(4) __________.
謝謝。
Saya (5) __________ datang di Taiwan.
我很開心來到台灣。

84　85

STEP 7 小測驗

學完課程後，是否躍躍欲試呢？想知道自己的印尼語實力，就快用「聽一聽」、「說一說」、「讀一讀」、「寫一寫」驗收成果！四大能力，一次備齊！

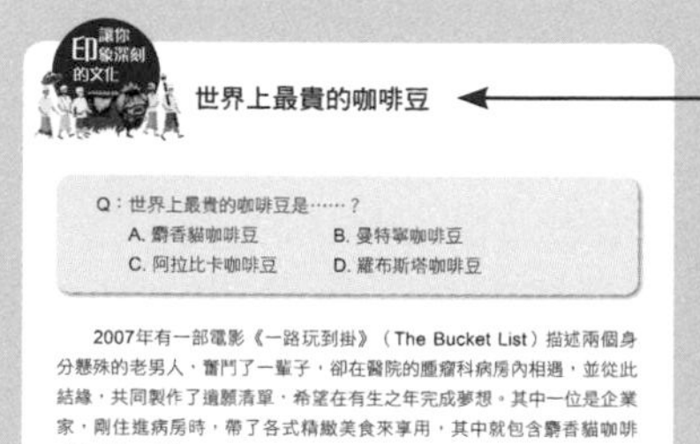

世界上最貴的咖啡豆

Q：世界上最貴的咖啡豆是……？
A. 麝香貓咖啡豆　B. 曼特寧咖啡豆
C. 阿拉比卡咖啡豆　D. 藍布斯塔咖啡豆

2007年有一部電影《一路玩到掛》（The Bucket List）描述兩個身分懸殊的老男人，奮鬥了一輩子，卻在醫院的癌症病房內相遇，並從此結緣，共同製作了遺願清單，希望在有生之年完成夢想。其中一位是企業家，剛住進病房時，帶了各式精緻美食來享用，其中就包含麝香貓咖啡（Kopi Luwak）。

雖然只是電影裡短短的一幕，但是足以說明麝香貓咖啡聞名於世界，而這個麝香貓咖啡正是來自印尼。實際上，所謂的麝香貓咖啡，是採集自麝香貓糞便中的咖啡豆。據說麝香貓體內的某種消化酵素，會改變咖啡豆裡蛋白質的結構，去除掉一些酸味，讓咖啡更順口。不過，真正的麝香貓咖啡可不便宜，在美國一杯可能高達80到100美元之間，說它是世界上最貴的咖啡也不為過。

雖然麝香貓咖啡被譽為是精品咖啡，但是根據英國媒體BBC的報導，目前沒有任何方法可以辨識真貨或假貨。而為了生產更多的麝香貓咖啡豆，很多麝香貓被豢養在環境不佳的籠子裡，被逼迫餵食過量的咖啡豆。因此，喜歡喝咖啡也同時關心野生動物的您，還是盡量避免喝麝香貓咖啡吧！

86

STEP 8 讓你印象深刻的文化

學語言也要學文化！想知道印尼國徽藏了什麼祕密？印尼有哪些平民美食和特色飲料？在齋戒月和開齋節又有哪些注意事項？更多有趣的印尼文化等你來發掘！

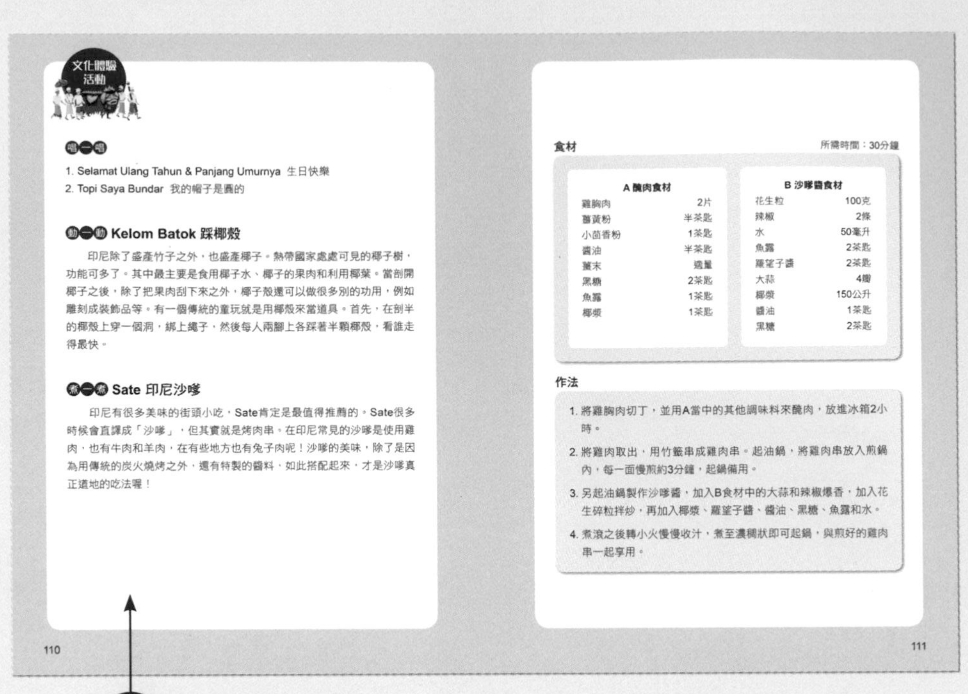

文化體驗活動

唱一唱

1. Selamat Ulang Tahun & Panjang Umurnya 生日快樂
2. Topi Saya Bundar 我的帽子是圓的

動一動 Kelom Batok 踩椰殼

印尼除了盛產竹子之外，也盛產椰子。熱帶國家處處可見的椰子樹，功能可多了。其中最主要是食用椰子水、椰子的果肉和利用椰葉。當剖開椰子之後，除了把果肉刮下來之外，椰子殼還可以做很多別的功用，例如雕刻成裝飾品等。有一個傳統的童玩就是用椰殼來當道具。首先，在剖半的椰殼上穿一個洞，綁上繩子，然後每人兩腳上各踩著半顆椰殼，看誰走得最快。

煮一煮 Sate 印尼沙嗲

印尼有很多美味的街頭小吃，Sate肯定是最值得推薦的。Sate很多時候會直譯成「沙嗲」，但其實就是烤肉串。在印尼常見的沙嗲是使用雞肉，也有牛肉和羊肉，在有些地方也有兔子肉呢！沙嗲的美味，除了是因為用傳統的炭火燒烤之外，還有特製的醬料，如此搭配起來，才是沙嗲真正道地的吃法喔！

110

食材 所需時間：30分鐘

A 醃肉食材	
雞胸肉	2片
薑黃粉	半茶匙
小茴香粉	1茶匙
醬油	半茶匙
薑末	適量
黑糖	2茶匙
魚露	1茶匙
椰漿	1茶匙

B 沙嗲醬食材	
花生粒	100克
辣椒	2條
水	50毫升
魚露	2茶匙
羅望子醬	2茶匙
大蒜	4瓣
椰漿	150公升
醬油	1茶匙
黑糖	2茶匙

作法

1. 將雞胸肉切丁，並用A當中的其他調味料來醃肉，放進冰箱2小時。
2. 將雞肉取出，用竹籤串成雞肉串。起油鍋，將雞肉串放入煎鍋內，每一面慢煎約3分鐘，起鍋備用。
3. 另起油鍋製作沙嗲醬，加入B食材中的大蒜和辣椒爆香，加入花生碎粒拌炒，再加入椰漿、羅望子醬、醬油、黑糖、魚露和水。
4. 煮滾之後轉小火慢慢收汁，煮至濃稠狀即可起鍋，與煎好的雞肉串一起享用。

111

STEP 9 文化體驗活動

腦袋已經裝滿了印尼語知識後，是不是想活動一下筋骨呢？這時你就需要「唱一唱」、「動一動」、「煮一煮」，透過印尼歌謠、遊戲和食譜，親身體驗印尼文化，快來增強身體記憶吧！

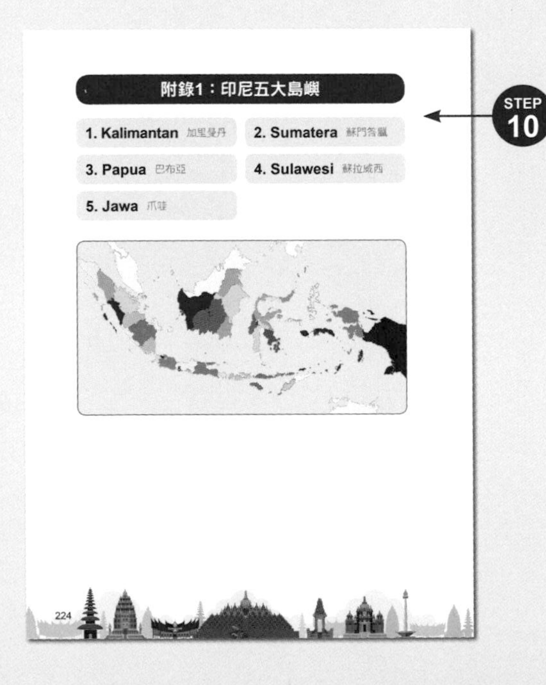

附錄1：印尼五大島嶼

1. Kalimantan 加里曼丹
2. Sumatera 蘇門答臘
3. Papua 巴布亞
4. Sulawesi 蘇拉威西
5. Jawa 爪哇

224

STEP 10 附錄

本書最後附有印尼各島嶼、美食飲品、建築物等單字總整理，想增加字彙量的你，別忘了善加利用喔！

如何掃描 QR Code 下載音檔

1. 以手機內建的相機或是掃描 QR Code 的 App 掃描封面的 QR Code。
2. 點選「雲端硬碟」的連結之後，進入音檔清單畫面，接著點選畫面右上角的「三個點」。
3. 點選「新增至『已加星號』專區」一欄，星星即會變成黃色或黑色，代表加入成功。
4. 開啟電腦，打開您的「雲端硬碟」網頁，點選左側欄位的「已加星號」。
5. 選擇該音檔資料夾，點滑鼠右鍵，選擇「下載」，即可將音檔存入電腦。

目 次

Pelajaran 1

Huruf Abjad, Vokal dan Diftong

第一堂課：字母、單母音和雙母音

學習重點

1. 學習印尼語26個字母的寫法和唸法。
2. 學習生活中常見的縮寫。
3. 學習5個單母音（a、i、u、e、o）、3個雙母音（ai、au、oi）。
4. 學習5個單母音和3個雙母音的相關問候語或短句。

一、印尼語26個字母的大小寫和唸法

印尼語是由羅馬字母所組成的拼音文字，與英語一樣，共有26個字母，並分為大小寫，只是字母的唸法與英語不太一樣。

字母	字母唸法	字母	字母唸法
A a	[ɑ:]	N n	[ɛn]
B b	[bɛ:]	O o	[ɔ:]
C c	[tsɛ:]	P p	[pɛ:]
D d	[dɛ:]	Q q	[ki:]
E e	[ɛ:]	R r	[ɛʀ]
F f	[ɛf]	S s	[ɛs]
G g	[gɛ:]	T t	[tɛ:]
H h	[hɑ:]	U u	[u:]
I i	[i:]	V v	[fɛ:]
J j	[d͡ʒ]	W w	[wɛ:]
K k	[kɑ:]	X x	[ɛks]
L l	[ɛl]	Y y	[yɛ:]
M m	[ɛm]	Z z	[zɛt]

二、生活中常見的縮寫

學好印尼語字母的發音很重要，因為生活上會有很多的縮寫，會以字母代表其完整的單字或意思，很多甚至是外來語（例如英語）。因此，知道字母怎麼發音，以及生活中有哪些常出現的縮寫，是很重要的。

AC 冷氣
Air Conditioner

WC 廁所
Water Closet

HP 手機
handphone

PR 回家作業
Pekerjaan Rumah

BBM 燃料
Bahan Bakar Minyak

KTP 身分證
Kartu Tanda Penduduk

TKI 印尼外籍勞工
Tenaga Kerja Indonesia

TKW 女性印尼籍勞工
Tenaga Kerja Wanita

PRT 家庭幫傭
Pembantu Rumah Tangga

WNA 外籍人士
Warga Negara Asing

小提醒：字母「C」在一些特定的英語字縮寫中，唸「sɛ:」，類似英語「say」的唸法。

三、印尼語的單母音

印尼語的單母音只有5個，即「a」、「e」、「i」、「o」、「u」。但是共有6個讀音，其中「e」有兩種讀音。

1 單母音

MP3-03

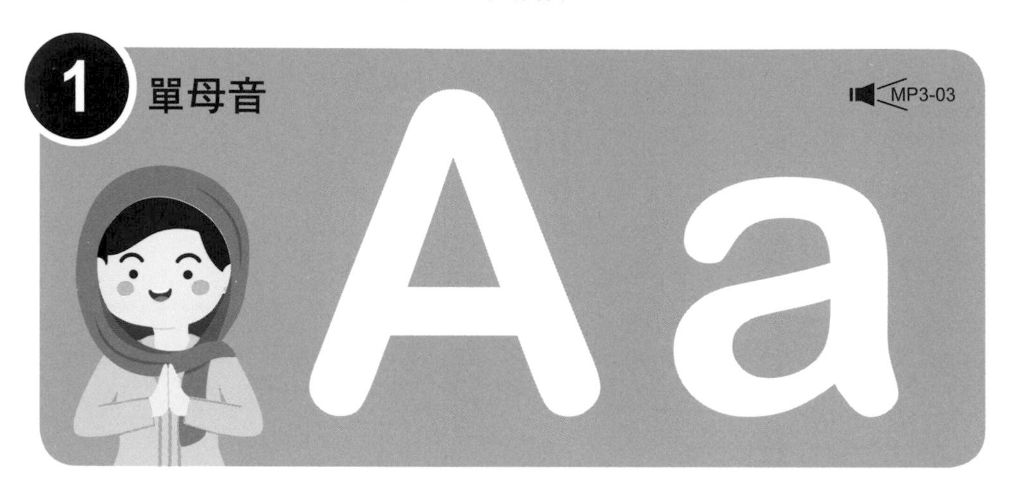

發音重點 嘴巴自然張開，發出類似中文「啊」或注音「ㄚ」的音。

ada 有　　**aku** 我

apa 什麼　　**api** 火

anak 孩子　　**anjing** 狗

Apa kabar?

你好嗎？

發音重點

「e」有兩個唸法，一個類似中文的「額」或注音「ㄜ」的音。另一個類似注音「ㄟ」的音。每一個有母音「e」的單字，都有特定而且固定的唸法，所以只要牢記下來，就能發出正確的發音。「e」唸成注音「ㄜ」的音比較多，唸成注音「ㄟ」的音比較少見。

「ㄜ」的音	**emas** 金	**enam** 六
「ㄟ」的音	**enak** 好吃	**elok** 美
同時有「ㄜ」和「ㄟ」的單字	**kereta api** 火車	**kemeja** 襯衫

Enak sekali!

好吃極了！

類似中文的「一」或注音「ㄧ」的音。

ini 這	itu 那
ibu 媽媽	ikan 魚
sini 這裡	Indonesia 印尼

Aku cinta Indonesia.

我愛印尼。

4 單母音

類似中文的「哦」或注音「ㄛ」的音。

讀一讀

orang 人

obat 藥

oleh-oleh 伴手禮

otot 肌肉

bola 球

bodoh 笨

Anda orang mana?

您是哪裡人？

類似中文的「屋」或注音「ㄨ」的音。

uang 錢

udang 蝦

ular 蛇

umur 年齡

tujuh 七

tahun 年、歲

Umur aku tujuh tahun.

我七歲。

四、印尼語的雙母音

印尼語有3個雙母音，唸法很簡單，只要把2個單母音的唸法加在一起，直接唸出來就可以了。

1 雙母音

MP3-08

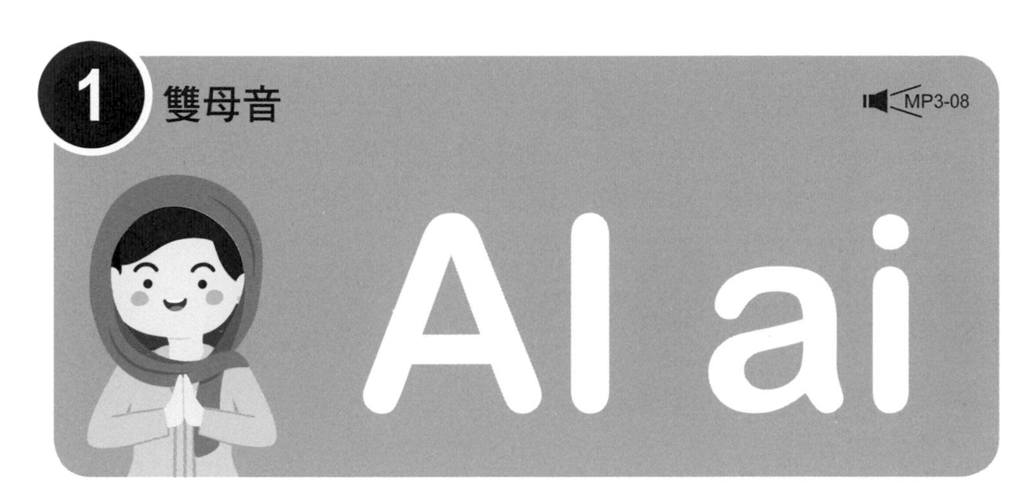

發音重點 先發出類似注音「ㄚ」的音，再發「ㄧ」的音，合起來類似中文「哀」的音。

讀一讀

tupai 松鼠

pantai 海灘

sampai 到達

pandai 聰明

damai 和平

ramai 熱鬧

Sampai jumpa.

再見。

發音重點 先發出類似注音「ㄚ」的音，再發注音「ㄨ」的音，合起來類似中文的「凹」的音。

讀一讀

danau 湖

pulau 島

mau 要

pisau 刀子

kerbau 水牛

aula 禮堂

Ini Pulau Bali.

這是峇里島。

3 雙母音

MP3-10

OI oi

發音重點 先發出類似注音「ㄛ」的音，再發「ㄧ」的音。

amoi 小妹妹（專指華人小女孩）

toilet 廁所

oi 喂

amboi 哇（表達驚嘆）

Permisi, toilet di mana?

不好意思，廁所在哪裡？

聽聽MP3，選出正確的答案。 MP3-11

1. 冷氣
   A. AT　B. CD　C. AC　D. CA

2. 廁所
   A. WS　B. WC　C. AC　D. HP

3. 手機
   A. HP　B. HB　C. HT　D. HD

4. 燃料
   A. MMB　B. BMB　C. BBM　D. BGM

5. 身分證
   A. KTB　B. KTP　C. GDB　D. GTP

6. 魚
   A. makan　B. ikan　C. ayam　D. sayur

7. 錢
   A. uang　B. wang　C. udang　D. ulang

8. 好吃
   A. enam　B. sampai　C. enak　D. anak

9. 六
   A. enak　B. anak　C. ayam　D. enam

10. 松鼠
   A. sampai　B. tupai　C. pantai　D. amoi

印尼語的歷史

Q：印尼語來自什麼語言？
A. 印度語　B. 荷蘭語　C. 馬來語　D. 爪哇語

印尼語（bahasa Indonesia）是印尼的國語，從七世紀開始就已經是東南亞島嶼中，馬來印尼群島之間人們頻繁使用的溝通語（Lingua Franca），意思是「被不同母語的人群所使用的溝通語」。印尼語實際上是印尼在1945年獨立之後，為自己的語言正名，所得的名稱。在那之前，這個語言被稱為馬來語（bahasa Melayu），是居住在馬來半島（Semenanjung Melayu）、蘇門答臘（Sumatera）中部、廖內群島（Kepulauan Riau）等地的馬來族群（Suku Melayu）的母語。

因為航海貿易的發達、群島之間的頻繁往來，以及馬來語在口語使用上簡單入門、容易上手的特性，都使得馬來語逐漸被各島嶼的族群所學會。先是在1928年的全國青年大會中，印尼青年一致同意選擇馬來語作為共通語，以團結各族。後來印尼在1945年獨立時，當時的馬來語便被選擇成為國語，並正名為「印尼語」。

在印尼獨立後，印尼語肩負著團結全印尼的重責大任，扮演了重要的溝通與連接各族群的角色。印尼族群多元，大多也都還保留自己的母語，在日常生活中，實際上也會混雜著母語和印尼語一起使用。這一點其實是多語言、多元族群的印尼社會的真實寫照。所以，會建議在學習印尼語時，要了解印尼本土語言的多樣性，並用包容的心來學習，才會一學就上手喔！

1. Lagu ABCD 字母歌
2. Lagu ABC 字母歌

動一動 Engklek 跳格子

印尼小孩子們，在學校下課時，或放學回家時，會跟鄰居小朋友一起玩這個遊戲，類似台灣的跳格子。首先，在地板上畫幾個格子，再依序寫上1到9的數字。大家輪流跳格子，而且只能用一隻腳，不能踩出線，也不能雙腳踩在地上。有時候還為了增加難度，故意設計關卡，例如：請玩家把格子上的石頭撿起來。

煮一煮 Mi Goreng 印尼炒泡麵

說到印尼名揚國際的美食，恐怕是這一味了：Mi Goreng 印尼炒泡麵！其實是先將泡麵燙半熟之後，再加上不同配料一起下鍋炒。特別的是，印尼人有時候會把炒泡麵當作是配菜，還有配白飯吃喔！

食材

所需時間：10分鐘

洋蔥絲	適量	肉絲	適量
豆芽菜	適量	雞蛋	2粒
蔥花	適量	印尼泡麵	2-3包
紅蘿蔔絲	適量		

作法

1. 先將泡麵燙半熟即可，放旁邊預備。
2. 另起油鍋，倒入少許油，加入洋蔥絲、紅蘿蔔絲、將肉絲炒熟到發出香味，再加入豆芽菜。
3. 加入半熟的泡麵與調味料，可依照口味加入少許水。
4. 另外將雞蛋煎成荷包蛋，放在麵上面。最後加入蔥花即可上菜。

Pelajaran 2

Konsonan

第二堂課：單子音

學習重點

1. 學習21個子音，即「B」、「C」、「D」、「F」、「G」、「H」、「J」、「K」、「L」、「M」、「N」、「P」、「Q」、「R」、「S」、「T」、「V」、「W」、「X」、「Y」和「Z」。
2. 學習這21個子音的相關單字。
3. 學習這21個子音的相關問候語或短句。

一、印尼語的單子音

印尼語的單子音共有21個，即「B」、「C」、「D」、「F」、「G」、「H」、「J」、「K」、「L」、「M」、「N」、「P」、「Q」、「R」、「S」、「T」、「V」、「W」、「X」、「Y」和「Z」。但是其中「Q」、「V」、「X」、「Y」和「Z」比較少用。

發音重點　先緊閉雙唇，發音時讓空氣從雙唇間蹦出，類似注音「ㄅ」的聲音。要注意，「b」在印尼語中屬於濁音。濁音「b」與清音的「p」類似，但是不一樣，濁音的發音比較低沉。而「b」在尾音時不發音，嘴唇緊閉即可。

ba　be / bé　bi　bo　bu

ab　eb / éb　ib　ob　ub

注意：「e」有兩個唸法，一個類似注音「ㄜ」的音，另一個類似注音「ㄟ」的音。本書在「唸一唸」中為了讓讀者掌握兩個唸法，以「é」來表示「ㄟ」的音。但在一般書寫上，無論哪個唸法，都一樣是用「e」。

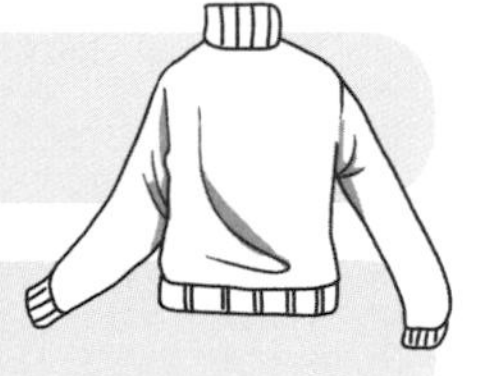

babi 豬

baju 衣服

bola 球

objek 事物

Sabtu 星期六

sebab 原因

注意：以「b」作為尾音的字比較少。另外，「b」和「p」作為尾音的發音是一樣的。

Kabar baik.

很好。

發音重點 嘴巴微張，發出類似閩南語「坐」的「tsē」的發音。要注意，在印尼語中，「c」不會放在尾音的位置。

ca　ce / cé　ci　co　cu

cari 尋找

cantik 美麗

cinta 愛

coba 嘗試

cepat 快

curi 偷

Aku cinta kamu.

我愛你。

3 單子音

發音重點

舌尖抵在上方門牙的後方，讓空氣透過舌齒間爆出，發出類似注音「ㄉ」的音。要注意，「d」在印尼語中屬於濁音，與清音的「t」類似但不一樣，濁音的發音比較低沉。而「d」在尾音時不發音，舌尖抵著牙齒，製造短音的效果。

da	**de / dé**	**di**	**do**	**du**
ad	**ed / éd**	**id**	**od**	**ud**

dasi 領帶

durian 榴槤

duduk 坐下

mandi 洗澡

jadi 變成、所以

masjid 清真寺

注意：以「d」作為尾音的字比較少。另外，「d」和「t」作為尾音的發音是一樣的。

Silakan duduk.

請坐。

說一說

先發出「ㄟ」的音，上排門牙輕咬下唇，讓氣流通過縫隙，發出「ɛf」的音，或類似注音「ㄈ」的音。「f」也會放在尾音的位置，只是這類的字比較少。

唸一唸

fa	fe / fé	fi	fo	fu
af	ef / éf	if	of	uf

foto 照片

faktur 發票

film 電影

fakta 事實

huruf 字

maaf 原諒、抱歉

Minta maaf.

對不起。

發音重點 發出類似注音「ㄍ」的音。要注意，「g」在印尼語中屬於濁音。濁音「g」與清音的「k」類似，但是不一樣。濁音的發音位置接近喉嚨，聽起來比較低沉。而「g」在尾音時不發音，僅讓氣流在上顎的地方停頓，製造短音的效果。

ga	ge / gé	gi	go	gu
ag	eg / ég	ig	og	ug

gigi 牙齒

gula 砂糖

guru 老師

gaji 薪水

tauge 豆芽菜

katalog 目錄

注意：以「g」作為尾音的字比較少。另外，「g」和「k」作為尾音的發音是一樣的。

Selamat pagi, Ibu guru!

老師，早安！

說一說

嘴巴微張，讓氣流自然流出，發出類似注音「ㄏ」的音。而「h」在尾音時，自然送氣即可。

唸一唸

ha	he / hé	hi	ho	hu
ah	eh / éh	ih	oh	uh

hati 心

hujan 下雨

harga 價錢

murah 便宜

ubah 改變

rumah 屋子

Hati-hati di jalan.

路上小心。

7 單子音 J j

發音重點　嘴唇平扁，發出類似注音「ㄐ」的音。要注意，「j」在印尼語中不會放在尾音的位置。印尼語「j」的發音基本上與英語一樣。

唸一唸

ja　je / jé　ji　jo　ju

讀一讀

jalan 馬路、行走

meja 桌子

jagung 玉米

jual 賣

jambu 蓮霧

jumpa 見面

Selamat jalan.

慢走。

說一說

發音重點 嘴巴微張，從舌根發出類似注音「ㄍ」的音。但要注意，「k」在印尼語中屬於清音。類似閩南語的「鉸刀（剪刀）」中「鉸」（ka）的發音，印尼語的清音的「k」與濁音「g」類似，但是不一樣，清音的發音比較清脆。而「k」在尾音時不發音，將氣流停在舌根，製造短音的效果。

ka	**ke / ké**	**ki**	**ko**	**ku**
ak	**ek / ék**	**ik**	**ok**	**uk**

kaki 腳

suka 喜歡

kue 糕點、蛋糕

baik 好

naik 上去

kakak 哥哥、姐姐

注意：「k」和「g」作為尾音的發音是一樣的。

Baik-baik saja.

滿好的。

嘴巴微張，舌頭往上，發出類似注音「ㄌ」的聲音。當「l」在尾音時，舌頭稍微往上。印尼語中的「l」與英語發音一樣。

唸一唸

la	le / lé	li	lo	lu
al	el / él	il	ol	ul

lari 跑

lihat 看

malu 害羞

halal 清真

kol 高麗菜

sambal 辣椒醬

Selamat ulang tahun.

生日快樂。

發音重點 嘴唇先緊閉，發出類似注音「ㄇ」的音。當「m」在尾音時，嘴唇一樣要緊閉。

ma me / mé mi mo mu
am em / ém im om um

makan 吃

mi 麵

minum 喝

malam 晚上

mimpi 夢

kambing 羊

Sudah makan belum?

吃過了沒？

11 單子音

MP3-22

2

發音重點 發出類似注音「ㄋ」的音。當「n」在尾音時，上下顎自然閉合即可，嘴唇不需閉合。

na	ne / né	ni	no	nu
an	en / én	in	on	un

nasi 飯

nanas 鳳梨

nenek 奶奶、外婆

indah 優美

tahan 忍耐

main 玩

Selamat Hari Natal.

聖誕節快樂。

先把雙唇緊閉，發音時讓空氣從雙唇間蹦出，發出類似注音「ㄅ」的音。但要注意，「p」在印尼語中屬於清音。清音的「p」與濁音「b」類似，但是不一樣，清音的發音比較清脆。而「p」在尾音時不發音，雙唇緊閉，製造短音的效果。

pa	**pe / pé**	**pi**	**po**	**pu**
ap	**ep / ép**	**ip**	**op**	**up**

讀一讀

pagi 早上

sepuluh 十

panas 熱

harap 希望

sedap 美味

kecap 醬油

注意：「p」和「b」作為尾音的發音是一樣的。

Selamat pagi.

早安。

發音重點 先發出「ki」的音，類似閩南語「樹枝」的「枝」（ki）的發音。這個字在印尼語中很少見，大部分是阿拉伯語的外來字。

qa　qi　qu

Qur'an 古蘭經

Assalam ualaikum.

願你平安。

舌頭往上捲，發出類似注音「ㄖ」的音。當「r」在尾音時，一樣將舌頭往上捲。

唸一唸

ra	re / ré	ri	ro	ru
ar	er / ér	ir	or	ur

ribu 千

rokok 香菸

ramah 熱情

kerja 工作

belajar 學習

kamar 房間

Selamat Hari Raya Idulfitri.

開齋節快樂。

發音重點 發出類似注音「ㄙ」的音。「s」在尾音時，一樣輕輕地發出「ㄙ」的音即可。

sa	se / sé	si	so	su
as	es / és	is	os	us

sabun 肥皂

susu 牛奶

sekolah 學校

mas 大哥

malas 懶惰

saus 醬料

Selamat sore.

下午好。

發音重點 嘴巴微張，發出類似注音「ㄉ」的音。但要注意，「t」在印尼語中屬於清音。清音的「t」與濁音「d」類似，但是不一樣，清音的發音比較清脆。而「t」在尾音時不發音，舌尖抵著牙齒，製造短音的效果。

ta	te / té	ti	to	tu
at	et / ét	it	ot	ut

teh 茶

teman 朋友

tidur 睡覺

selamat 恭喜

empat 四

sakit 生病、痛

Terima kasih.

謝謝。

2

發音重點 類似中文「飛」的音。這個子音在印尼語中比較少出現，通常是外來字。在印尼語中，「v」不會放在尾音的位置。

va ve / vé vi vo vu

visa 簽證

festival 慶典、嘉年華

novel 小說

video 錄影

Semoga sukses.

祝成功。

發音重點 類似注音「ㄨㄟ」的音。在印尼語中，「w」不會放在尾音的位置。

wa we / wé wi wo wu

waktu 時間

wartawan 記者

warung 商店

wayang 影片

Selamat Hari Waisak.

浴佛節愉快。

2

發音重點 與英語的「X」發音一樣。印尼語中很少用這個字母，大部分是英語翻譯而來的字。

xa　xe / xé　xi　xo　xu

xilofon　木琴

Selamat Berpuasa.

齋戒愉快。

發音重點 類似中文「耶」的音。印尼語中很少用這個字母，大部分是英語翻譯過來的字，「y」也不會放在尾音的位置。

ya ye / yé yi yo yu

ayah 爸爸	**bayi** 嬰兒
payung 雨傘	**raya** 偉大
sayang 愛	**saya** 我

Saya cinta ayah.

我愛爸爸。

2

發音重點 類似注音「ㄗㄟ」的音，也與英語的「Z」類似。印尼語中很少用這個字母，大部分是外來字。在印尼語中，「z」不會放在尾音的位置。

za ze / zé zi zo zu

zona 區

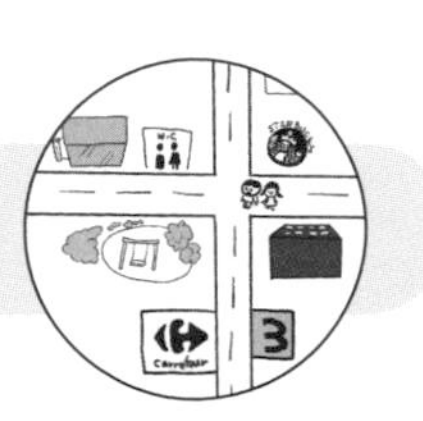

zaman 時代

Selamat Tahun Baru Imlek.

農曆新年快樂。

二、分辨清音、濁音和相似音

印尼語中有3組清音和濁音，在發音上很接近。清音的發音位置在口腔，而濁音的發音位置在喉嚨，發音時需特別注意，避免聽者誤會。第一組是清音「p」和濁音「b」，第二組是清音「t」和濁音「d」，第三組是清音「k」和濁音「g」。還有一組是相似音「c」和「j」。以下列舉發音相似的單字，讓大家了解清音和濁音的不同。

1. 分辨清音「p」和濁音「b」

清音「p」	濁音「b」
pagi 早上	**bagi** 對於、分配
pakai 穿、使用	**bagai** 種類
peras 擠壓	**beras** 米

2. 分辨清音「t」和濁音「d」

清音「t」	濁音「d」
tari 舞蹈	**dari** 來自
tua 老	**dua** 二
tahan 忍耐	**dahan** 枝幹

2

3. 分辨清音「k」和濁音「g」

清音「k」	濁音「g」
kakak 哥哥、姐姐	**gagak** 烏鴉
kali 小河、次數	**gali** 挖掘
kosong 空	**gosong** 燒焦

4. 分辨相似音「c」和「j」

清音「c」	濁音「j」
baca 讀、唸	**baja** 鋼鐵
cari 找	**jari** 手指
kaca 玻璃	**gajah** 大象

聽聽MP3，選出正確的答案。 MP3-34

1. 豬

   A. babi　　B. baju　　C. bola

2. 愛

   A. cari　　B. cantik　　C. cinta

3. 坐下

   A. durian　　B. dasi　　C. duduk

4. 下雨

   A. hujan　　B. hari　　C. hati

5. 牙齒

   A. gigi　　B. gula　　C. guru

6. 醬油

   A. panas　　B. kecap　　C. harap

7. 玩

   A. nanas　　B. tahan　　C. main

8. 晚上

   A. malam　　B. makan　　C. minum

試著用印尼語說出以下句子。

1. 我愛你。
2. 請坐。
3. 對不起。
4. 路上小心。
5. 吃過了沒？
6. 下午好。
7. 謝謝。
8. 早安。

讀一讀 唸出單字，並選出正確的中文意思。

1. payung
   A. 雨傘　B. 小心　C. 下雨

2. ayah
   A. 飯　B. 爸爸　C. 衣服

3. nasi
   A. 奶奶　B. 優美　C. 飯

4. panas
   A. 希望　B. 早上　C. 熱

5. rumah
   A. 工作　B. 家、屋子　C. 學習

6. susu
   A. 學校　B. 懶惰　C. 牛奶

7. tidur
   A. 四　B. 睡覺　C. 生病、痛

8. waktu
   A. 時間　B. 記者　C. 影片

寫一寫 寫出以下單字的印尼語。

1. 衣服 ______________________

2. 下雨 ______________________

3. 美麗 ______________________

4. 砂糖 ______________________

5. 糕點 ______________________

6. 朋友 ______________________

7. 學校 ______________________

8. 學習 ______________________

學習印尼語的要點

Q：印尼語有幾個子音、幾個母音？

A. 23個子音、6個母音　B. 24個子音、3個母音

C. 20個子音、5個母音　D. 21個子音、5個母音

印尼語可以說是世界上最好學的語言之一。「好學」、「容易上手」是很多人對印尼語的初步印象，特別是母語為中文者。為什麼呢？為大家歸納出以下幾個要點：

1. 印尼語的文字是羅馬字母。
2. 印尼語的口語跟中文相似。
3. 印尼語的動詞沒有時態變化。
4. 印尼語的動詞變化不會隨著性別或人數而轉變。
5. 印尼語的名詞沒有陰陽性。
6. 印尼語的單字沒有特定的重音。

首先，印尼語使用與英語一樣的羅馬字母，一樣是26個字母，5個母音、21個子音。所以，對大部分已熟悉英語字母的學習者而言，一開始就不需要特別花時間學習文字。第二點，印尼語實際上也是從口語發展起來的，因此，語言的使用比較隨性。很多學習者表示跟中文的說話方式很相似。

第三點，印尼語的動詞沒有時態變化，而是用助動詞的方式表達時間，即在動詞前加上助動詞，例如：sedang（正在）、sudah（已經）等等，省去了學習動詞時態變化的時間。第四點，印尼語的動詞變化不會隨著性別或人數而轉變。例如：makan（吃），無論「你」、「我」還是「他（她）」，或「我們」、「你們」、「他們（她們）」，都一樣是使用同一個字makan。

第五點，印尼語的名詞沒有陰陽性，所以也不會有定冠詞的不同。第六點，印尼語在單字發音上，沒有特定或固定的重音，基本上是語調持平，或者按照使用句子當下的情境而改變。

以上幾點，都說明了為什麼印尼語這麼好學。所以要學會印尼語，可以說是完全沒難度，趕快加入我們學習的行列吧！

1. Anak Ayam Tek Kotek 小雞啾啾啾
2. Kring Kring Ada Sepeda 鈴鈴鈴，有腳踏車

動一動 Balap Karung 跳麻袋

印尼人常在日常生活中舉辦許多趣味競賽，其中一個是「跳麻袋」的活動。這個活動通常會在小學的運動會，或者慶祝印尼獨立紀念日時舉辦。玩法很簡單，玩家將雙腳放進麻袋裡，從起點跳到終點。過程中，由於雙腳行動受限，太心急的話容易跌倒。而最先抵達終點線的玩家就獲勝。

煮一煮 Nasi Goreng 印尼炒飯

印尼炒飯曾經被美國媒體CNN票選為全球排名第二的美食，以甜醬油和參巴甜辣醬為基底，大火拌炒白飯而成。配料部分則是相當隨性，想加什麼都可以。

食材

所需時間：15分鐘

A			
白飯	2碗	雞胸肉	適量
高麗菜	適量	紅蔥頭	4瓣
雞蛋	2粒	蝦醬	1小匙
青蔥	適量	番茄	1粒
小黃瓜	適量	蝦餅	適量

B	
甜醬油	1大匙
參巴甜辣醬	1大匙
魚露	1小匙
鹽	適量

作法

1. 先將雞胸肉切丁，並用醬油、鹽巴稍微醃製一下備用。
2. 另起油鍋，加入少許油，煎太陽蛋，好了之後撈起備用。
3. 加入油，下紅蔥頭、蝦醬、雞胸肉，翻炒一下，再加入高麗菜。
4. 加入白飯，加入B，再拌炒一下，至聞到香氣、食材熟透即可起鍋。
5. 把太陽蛋擺在飯的上面，再撒上青蔥。
6. 擺盤時加入黃瓜切片、番茄切片和蝦餅即可上桌。

Pelajaran 3

Gabungan Konsonan dan Suku Kata Tertutup

第三堂課：雙子音和尾音（閉音節）

學習重點

1. 學習4個雙子音，即「KH」、「NG」、「NY」和「SY」。
2. 學習這4個雙子音的相關單字和短句。
3. 學習雙子音和尾音（閉音節）組合的單字。
4. 學習分辨雙子音和尾音（閉音節）唸法的差異。

一、印尼語的雙子音

印尼語的雙子音只有4個，即「KH」、「NG」、「NY」和「SY」。其中「NG」和「NY」比較常見，也很重要，需要使用鼻腔共鳴的方式來發音。而「KH」和「SY」比較少見，大部分是外來字。要注意，雙子音無法單獨發音，需要搭配母音，才會形成雙子音。

1 雙子音

MP3-35

發音重點 雙子音無法單獨發音。「KH」若放在母音前面，需要使用喉嚨發音，例如：搭配母音「a」，就會形成類似中文「咖」的音。當「KH」為尾音時，要把氣集中在上顎，製造出短音的效果，類似「K」為尾音的感覺。

kha　khe / khé　khi　kho　khu

akh　ekh / ékh　ikh　okh　ukh

khas 特別

khusus 特別

khawatir 擔心

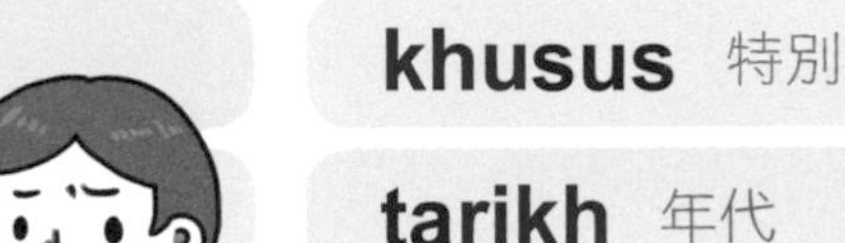

tarikh 年代

akhir 最後

Ini makanan khas Indonesia.

這是印尼美食。

「NG」若放在母音前面，需要使用鼻音發音，例如：搭配母音「a」，則形成「nga」，類似閩南語「雅」（ngá）的發音。當「NG」為尾音時，需要發出後鼻音，類似注音「ㄤ」、「ㄥ」的發音。

唸一唸

nga	**nge / ngé**	**ngi**	**ngo**	**ngu**
ang	**eng / éng**	**ing**	**ong**	**ung**

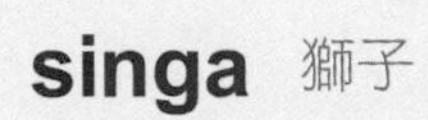

bunga 花

singa 獅子

wangi 香

paling 最

sayang 愛、親愛的

pulang 回

Bunga itu wangi.

那朵花很香。

3

3 雙子音

發音重點

「NY」若放在母音前面，需要使用鼻音發音，例如：搭配母音「a」，則形成「nya」，將舌頭放在上顎，突然放開並送氣，發出類似「你亞」的發音。在印尼語中，「NY」不會作為尾音。

nya　nye / nyé　nyi　nyo　nyu

nyanyi 唱歌

nyonya 女士、夫人

bunyi 聲音

penyu 海龜

banyak 很多

nyamuk 蚊子

Saya suka nyanyi.

我喜歡唱歌。

發「SY」的音時，將嘴唇微微向前集中，並送氣，發出類似注音「ㄒ」的音，或類似中文「噓」的音。要注意，「SY」不會作為尾音。

sya　sye / syé　syi　syo　syu

syarat 條件

masyarakat 社會

syukur 感恩

isyarat 訊號

Syukurlah!

感恩啊！

MP3-39

二、單字中有發音相近的雙子音和尾音（閉音節）

學好印尼語發音的最後一步，也是比較需要花時間學習的，就是單字中的雙子音及尾音，兩者發音相近的狀況。因為不同單字在發音上有各自的難度，因此在這裡歸納幾個常見的組合，讓大家可以很快地學起來。

1. 雙子音「NG」搭配尾音「N」、「NG」、「R」和「T」

tangan 手

dengan 跟

dingin 冷

bangun 起來

bingung 困惑

dengar 聆聽

banget 非常（口語）

sangat 非常

2. 雙子音「NY」搭配尾音「K」、「N」、「NG」和「T」

banyak 多

nyenyak 熟睡

minyak 油

kenyang 飽

kunyit 薑黃

monyet 猴子

MP3-40

三、分辨雙子音「NG」和尾音「NG」的唸法

「NG」同時可以作為雙子音和尾音，不過這兩者的發音差異很大。因此，要能夠分辨「NG」在單字中是雙子音，還是尾音才行。只要「NG」之後是母音，表示「NG」作為雙子音；如果「NG」之前有母音，則「NG」作為尾音。

3

分辨雙子音「NG」和尾音「NG」

雙子音「NG」	尾音「NG」
bunga 花	**bungkus** 包裝
singa 獅子	**singgah** 停留
tangan 手	**tangga** 樓梯

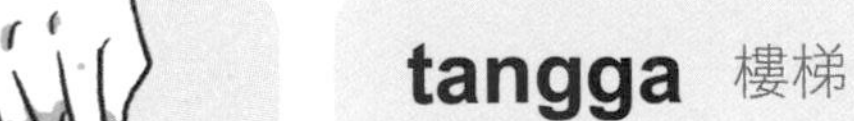

聽聽MP3，選出正確的答案。 MP3-41

1.
   A. bunga　B. bungkus　C. bangga
2.
   A. tangga　B. tunggu　C. tangan
3.
   A. banyak　B. monyet　C. kunyit
4.
   A. dengan　B. dingin　C. bangun
5.
   A. dingin　B. dengar　C. dengan

試著用印尼語說出以下句子或祝福語。

1. 感恩啊！
2. 我喜歡唱歌。
3. 那朵花很香。
4. 這是印尼美食。

選出正確答案，並試著唸出來。

1. 特別
   A. syarat　B. khas　C. nyonya
2. 花
   A. bunga　B. khusus　C. masyarakat

3. 唱歌

A. penyu B. payung C. nyanyi

4. 感恩

A. syukur B. penyu C. masyarakat

5. 美味

A. sedap B. bab C. kecap

6. 生病

A. banget B. masjid C. sakit

7. 好

A. naik B. banyak C. baik

8. 原諒、抱歉

A. murah B. maaf C. mudah

9. 便宜

A. murah B. maaf C. mudah

10. 上去

A. naik B. banyak C. baik

寫出以下單字的印尼語。

1. 很多 ____________________

2. 飽 ____________________

3. 女士、夫人 ____________________

4. 獅子 ____________________

5. 包裝 ____________________

印尼的國旗和國徽

Q：印尼國徽是哪一隻動物？

A. 老鷹　B. 老虎　C. 紅毛猩猩　D. 獅子

印尼國旗和國徽是印尼的象徵。印尼國旗只有兩個顏色，而且設計簡單明瞭，即紅色和白色，紅色在上，白色在下。印尼國旗與新加坡、摩納哥和波蘭的國旗很相似。新加坡的國旗也一樣是紅色和白色，只不過上面多了新月和星星。而摩納哥的國旗也是紅色在上、白色在下，不過印尼國旗的比例和摩納哥的比例不一樣。波蘭的國旗則是白色在上、紅色在下。

印尼國徽是一隻老鷹，名稱是「Garuda」（神鷹）。其實這個國徽也有一個名稱，即「Pancasila」（潘查希拉），指的是建國五大原則。潘查希拉是首任印尼總統蘇卡諾在1945年6月所提出來，明定國內政黨的成立必須要符合建國的五項原則。因此，建國五項原則為印尼憲法的基本精神之一。其中第一項原則是「信仰最高真主」（Ketuhanan yang Maha Esa），意思是人民都必須有宗教信仰。

由於是國家的象徵，這隻神鷹也出現在許多企業的標誌上，例如印尼國家航空公司（Garuda Airline）的標誌就是這隻神鷹。此外，印尼推廣旅遊的標語「Wonderful Indonesia」的圖樣也是用這隻神鷹設計的，所以這隻神鷹可說是無所不在啊！其實，這隻神鷹的羽毛還隱含著玄機，那就是把獨立紀念日的日期巧妙地轉變成神鷹身上的羽毛數量，仔細數數看就會發現，兩邊翅膀的羽毛都是17根，尾巴的羽毛總數是8根，象徵8月17日獨立紀念日。

1. Tik Tik Tik Bunyi Hujan 滴滴滴下雨聲
2. Abang Tukang Bakso 肉丸師傅大哥

動一動 Bermain Gasing 玩陀螺

陀螺是印尼社會普遍的休閒活動，在各地也有不同的名稱。比賽抽陀螺是一個簡單快樂的遊戲，比誰的陀螺轉的時間最長、最平穩，誰就是贏家。印尼的陀螺可由木頭、竹子等材料製作而成，形狀和樣式也各異，有些是圓扁型的，有些則是像顆球一樣。

煮一煮 Soto Ayam 黃金雞湯

印尼盛產各種香料，所以在香料的使用及料理上也下了很多功夫。如果想吃印尼料理，但是又怕辣，就推薦你嚐嚐這一道香氣十足、味道清甜的黃金雞湯。一碗淡黃色的雞湯，配料多樣，好喝又有飽足感喔！

食材

所需時間：60分鐘

A 煮雞湯材料

雞（切塊）	1隻	芫荽籽	1茶匙
薑	10克	胡椒粉	1茶匙
紅蔥頭	5粒	薑黃粉	2茶匙
蒜頭	一大顆	椰漿	650毫升
香茅	3根	石栗	8粒
檸檬葉	5片	鹽	2茶匙

B 雞湯配料

水煮蛋	3顆
紅蔥頭	10粒
熱水煮過的冬粉	適量
青蔥	少許
檸檬	1粒
豆芽菜	適量

作法

1. 將材料A中的薑、紅蔥頭、檸檬葉、石栗、蒜頭等，都放入攪拌機打碎。
2. 起油鍋，用中火爆香上述打碎的香料，接著加入香茅、胡椒粉、薑黃粉、芫荽籽。之後將這些香料放進布袋裡。
3. 煮一鍋3公升的水，水滾後放入香料袋，加入雞塊，轉大火。煮30分鐘後，把椰漿加入雞湯中。
4. 將雞塊取出來放涼，拔成雞肉絲備用。
5. 將材料B中的紅蔥頭煎成紅蔥頭酥，放涼備用。
6. 將材料B當中的其他配料、紅蔥頭酥，和雞絲一起放進雞湯，即可上菜。

Pelajaran 4

Sapaan

第四堂課：問候

學習重點

1. 學習印尼人日常問候的用語。
2. 學習教室用語。
3. 學習印尼人常見的名字。

MP3-42

一、問候用語

Selamat pagi. 早安。	**Selamat siang.** 中午好。
Selamat sore. 下午好。	**Selamat malam.** 晚安。
Apa kabar? 你好嗎？	**Kabar baik.** 很好。
Terima kasih. 謝謝。	**Sama-sama.** 不客氣。
Selamat datang. 歡迎光臨。	**Permisi.** 不好意思。
Minta maaf. 對不起。	**Tidak apa-apa.** 沒關係。
Sampai jumpa. 再見。	**Selamat jalan.** 慢走。

二、教室用語

hadir 出席

tidak hadir 缺席

papan tulis hitam 黑板

papan tulis putih 白板

kapur tulis 粉筆

penghapus papan tulis 板擦

Buka buku pada halaman O. 請翻開書的第O頁。

Silakan baca. 請唸。

Silakan jawab. 請回答。

Silakan tulis. 請寫。

Tuliskan nama dan nomor. 請寫上姓名和號碼。

Bagus. 很好。

三、印尼男生常見的名字

印尼名字	中文音譯	涵義
Agung	阿貢	成為偉大的人
Bagus	巴谷絲	強壯的人
Budi	布迪	有品格的人
Cakra	查克拉	受到保護的人
Dwi	多威	排行第二的人
Gunawan	古納萬	有用的人
Gusti	古斯迪	有權力的人
Hardi	哈爾迪	高山
Hartono	哈多諾	擁有財富的人
Haryanto	哈爾彥多	火
Joko	佐科	年輕人
Kusuma	古蘇馬	平靜
Prabowo	布拉博沃	排行老大、有品格的人
Pratowo	布拉多沃	值得信任的人
Supriyanto	蘇比里安多	好男人
Tri	提里	排行第三的人
Wayan	瓦彥	排行第一的人
Widodo	威多多	繁榮昌盛
Wijaya	威再也	成功
Yudoyono	尤多尤諾	戰爭的勝利者

四、印尼女生常見的名字

印尼名字	中文音譯	涵義
Astuti	阿斯杜蒂	受到讚賞的人
Ayu	阿幼	美麗
Cahaya	查哈雅	光亮
Cakrawati	查克拉瓦蒂	愛護環境的人
Cita	奇達	有品格的人
Dewi	德薇	美麗的仙女
Dwi	德薇	排行第二的人
Hastanti	哈斯丹蒂	喜歡工作的人
Ika	依卡	排行第一的人
Ina	依娜	早晨的陽光
Lestari	樂斯達莉	永恆不變
Maharani	瑪哈拉妮	公主
Mawar	瑪娃	玫瑰花
Putri	布特莉	公主
Pramata	布拉瑪達	珍珠
Ratu	拉杜	女王
Saraswati	莎拉斯瓦蒂	有智慧的女人
Siti	西蒂	美麗的土地
Triyati	特莉雅蒂	排行第三的人
Wati	瓦蒂	女人

聽一聽 聽聽MP3，選出正確的答案。 MP3-44

1.
A. Terima kasih. B. Selamat datang. C. Permisi.

2.
A. Sama-sama. B. Minta maaf. C. Tidak apa-apa.

3.
A. Selamat datang. B. Sampai jumpa. C. Selamat jalan.

4.
A. Kabar baik. B. Apa kabar? C. Sampai jumpa.

5.
A. Apa kabar? B. Sampai jumpa. C. Kabar baik.

請根據題目，說出正確的印尼語。

1. 見到朋友，想要問好，應該說：
____

2. 聽到朋友跟你問好，應該回應說：
____

3. 朋友要離開，你要請他慢走，應該說：
____

4. 餐廳服務員為你上菜了，應該說：
____

5. 早上遇到鄰居，應該說：
____

讀一讀 請選出正確答案，並試著唸出來。

A. 中午好。 B. 下午好。 C. 歡迎光臨。 D. 早安。 E. 晚安。

1. （　　）Selamat pagi.
2. （　　）Selamat malam.
3. （　　）Selamat siang.
4. （　　）Selamat sore.
5. （　　）Selamat datang.

寫一寫 請在空格內寫上正確的答案。

1. Selamat ______________________. 早安。
2. Selamat ______________________. 中午好。
3. Selamat ______________________. 下午好。
4. Selamat ______________________. 晚安。
5. Selamat ______________________. 慢走。

印尼的國花

Q：以下哪一種花，是印尼的國花？
A. 大王花　B. 白茉莉　C. 蝴蝶蘭　D. 扶桑花

印尼非常特別，國花比別的國家還多，總共有三種，每一種有不同的意涵。第一種是代表民族國家的白茉莉（Bunga Melati Putih）。白色茉莉花是印尼國花之首，象徵著印尼人民的純潔。印尼人在家裡的院子裡，喜歡種花種草，在生活中經常用白茉莉花來當髮飾。在傳統的婚禮上，也很容易看到新郎新娘使用白茉莉來裝飾禮服。

第二種是蝴蝶蘭（Bunga Anggrek Bulan）。蝴蝶蘭是蘭花的一種，原產於亞熱帶的雨林地區。在開花時，蝴蝶蘭會開出形狀如同蝴蝶飛舞般的花朵，因此而得名。蝴蝶蘭本身因為外型特殊，容易吸引大家的目光，象徵著印尼這個國家以及印尼人擁有與眾不同的吸引力。

第三種國花就沒那麼容易被看到了，大王花（Bunga Padma Raksasa），又稱作萊佛士花。大王花是世界上最大的花，生長在印尼爪哇島、蘇門答臘、馬來西亞的深山裡。因此，要一睹風采還不是那麼容易的事。因為大王花本身稀有珍貴，因此也就象徵印尼稀有珍貴的多元文化。

除了上述三種國花之外，在印尼也很常見到雞蛋花，是峇里島上最常見的花樹之一。很多人喜歡在家裡的院子種一些花草樹木，除了美觀之外，也是為了每天的祭拜活動。每天早上和下午，峇里島人都會使用花朵來祭拜神明，因此每天的用量可說是非常大喔！

1. Selamat Pagi 早安
2. Terima Kasih Guruku 謝謝我的老師

動一動 Lompat Tali 跳繩

印尼的小朋友喜歡玩跳繩，這個繩子通常是用橡皮筋來製作。首先必須將一個個橡皮筋接起來，做成一條繩子，接著就可以找夥伴來玩了。通常最少需要三個人，其中兩個人負責甩動繩子，一個負責跳。如果找不到第三個人，則可以將繩子一端綁在樹上或桿子上。跳繩的玩法也有很多種，可以是固定的高度，或者是轉圈圈。

煮一煮 Kering Tempe 乾炒黃豆餅

印尼人的自助餐一定會有一種料理，那就是黃豆餅，或者「天貝」。「天貝」是近年來的翻譯，印尼語就是tempe，是一種由生黃豆發酵製成的食物。最普遍的吃法是用油炸的方式，如果擔心沒味道，則可以加入辣椒等香料，用乾炒的方式增加風味。

食材

所需時間：30分鐘

A	
黃豆餅（天貝）	500克
花生	100克
小魚乾	100克

B	
紅蔥頭	10粒
蒜頭	8瓣
紅辣椒	5條
南薑	3片
羅望子水	5湯匙
檸檬葉	10片
印尼紅糖	60克
鹽	少許

作法

1. 將黃豆餅切薄片，與小魚乾、花生分別炸至酥脆備用。
2. 紅蔥頭、蒜頭、紅辣椒皆切薄片，放入平底鍋爆香；接著南薑切片後放入平底鍋。
3. 再加入羅望子水、檸檬葉、紅糖和適量鹽巴。
4. 當香料變濃稠後熄火，加入炸脆的黃豆餅、小魚乾和花生，攪拌均勻，即可享用。

Pelajaran 5

Selamat datang di Indonesia.

第五堂課：歡迎來到印尼。

學習重點

1. 學習如何歡迎對方。
2. 學習使用問候語和稱呼。
3. 重要句型：
   「Selamat datang di＋地點.」
   「Saya senang＋動詞.」
   「Kita＋動詞.」
4. 「學習印尼語」、「住在台灣」、基本動詞和基本稱呼等說法。

MP3-45

一、關鍵單字

selamat 祝賀、恭喜

datang 來到

di 在

Indonesia 印尼

ibu (bu) 女士

bapak (pak) 先生

mas 大哥

embak 姐姐

saya 我

senang 開心

ayo 來吧

kita 我們大家

pergi 離開、去、走

ke 去

belajar 學習

bahasa Indonesia 印尼語

tinggal 住

makan 吃

minum 喝

MP3-46

二、會話

Selamat datang di Indonesia! 歡迎來到印尼！

Jokowi：Selamat siang, Ibu.
午安，女士。

Iriana：Selamat siang, Bapak.
午安，先生。

Jokowi：Selamat datang di Indonesia, Bu!
歡迎來到印尼，女士！

Iriana：Terima kasih.
謝謝。
Saya senang datang ke Indonesia.
我很開心來到印尼。

Jokowi：Ayo! Kita pergi.
來吧！我們走吧！

三、重點句型

肯定句

「Selamat datang di＋地點.」	歡迎來到地點。
Selamat datang di Indonesia.	歡迎來到印尼。
A：Selamat datang di Indonesia.	歡迎來到印尼。
B：Terima kasih.	謝謝。

肯定句

「Saya senang＋動詞.」	我很開心動詞。
Saya senang datang di Indonesia.	我很開心來到印尼。
Saya senang belajar bahasa Indonesia.	我很開心學習印尼語。
Saya senang tinggal di Taiwan.	我很開心住在台灣。

肯定句

「Kita＋動詞.」	我們動詞。
Kita pergi.	我們走。
Kita makan.	我們吃。
Kita minum.	我們喝。

四、練習唸唸看

練習 1 Selamat datang di Indonesia.
Taiwan
Taipei

練習 2 Selamat siang, Ibu.
Bapak
Mas
Embak

練習 3 Saya senang datang di Indonesia.
belajar bahasa Indonesia
tinggal di Taiwan

練習 4 Kita pergi.
makan
minum
belajar bahasa Indonesia

練習 5 Ayo, kita makan.
pergi

五、文法焦點

焦點1 「Selamat datang.」（歡迎光臨。）

「selamat」（祝福、恭喜）可以用來連接各式時間和動作，表達祝福之意。

- Selamat! 恭喜！
- Selamat datang! 歡迎光臨（來到）！
- Selamat belajar! 學習愉快！

焦點2 介係詞「di」（在）

要表達任何地點或位置，必須加上介係詞「di」。

- Datang di Indonesia. 來到印尼。
- Tinggal di Taiwan. 住在台灣。
- Belajar di Taipei. 在台北唸書（學習）。

焦點3 基本稱呼「ibu」（女士）、「bapak」（先生）、「mas」（大哥）和「embak」（姐姐）

在問候時，印尼人習慣用一些尊稱來稱呼對方。比較正式的是「ibu」和「bapak」，比較非正式場合則使用「mas」和「embak」。在問候語中，稱呼通常放在最後。在書寫上，稱呼需要變成大寫。

- Selamat pagi, Ibu. 早安，女士。
- Selamat siang, Bapak. 午安，先生。
- Selamat malam, Mas. 晚安，大哥。
- Apa kabar, Embak? 你好嗎，姐姐？

「Saya senang...」（我很開心……）

「Saya senang...」主要連接各種動詞，用來表達「我很開心……」、「我很喜歡……」的意思。

· Saya senang datang di Indonesia. 我很開心來到印尼。

· Saya senang belajar bahasa Indonesia. 我很開心學習印尼語。

5

「Ayo!」（來吧！）

當我們需要呼喚或者招呼對方一起做一些事情時，可以使用「ayo」，表達「來吧！」的意思。

· Ayo! Kita pergi. 來吧！我們走吧！

· Ayo! Kita makan. 來吧！我們吃吧！

聽一聽　聽聽MP3，並選擇正確的答案。 MP3-47

1. Selamat siang, ___________.
   A. Bapak　　B. Ibu
   C. Mas

2. Selamat siang, ___________.
   A. Bapak　　B. Ibu
   C. Mas

3. ___________ di Indonesia.
   A. Selamat siang　　B. Selamat pagi
   C. Selamat datang

4. Saya senang ___________.
   A. datang ke Indonesia　　B. datang di Taiwan
   C. belajar bahasa Indonesia

5. ___________! Kita pergi.
   A. Terima kasih　　B. Selamat
   C. Ayo

說一說　請根據題目，說出正確的印尼語。

1. 有印尼朋友來台灣，你要跟他說：___________________
2. 印尼朋友的媽媽來台灣，你要稱呼她：___________________
3. 你要表達你很喜歡學習印尼語，你可以說：___________________
4. 遇到賣飲料的小姐，你可以稱呼她：___________________
5. 想要叫同行的朋友出發，你可以說：___________________

請選出正確答案，並試著唸出來。

1. 來到
   A. selamat　B. di　C. datang
2. 女士
   A. ibu　B. bapak　C. mas
3. 開心
   A. senang　B. kita　C. datang
4. 學習
   A. tinggal　B. belajar　C. makan
5. 印尼
   A. Taiwan　B. Indonesia　C. bahasa Indonesia

5

請在空格內寫上正確的答案。

Jokowi：(1) __________, Ibu.
中午好，女士。

Iriana　：Selamat siang, (2) __________.
中午好，先生。

Jokowi：Selamat (3) __________ di Taiwan, Bu!
歡迎來到台灣，女士！

Iriana　：(4) __________.
謝謝。

Saya (5) __________ datang di Taiwan.
我很開心來到台灣。

世界上最貴的咖啡豆

Q：世界上最貴的咖啡豆是……？

A. 麝香貓咖啡豆　　B. 曼特寧咖啡豆

C. 阿拉比卡咖啡豆　　D. 羅布斯塔咖啡豆

2007年有一部電影《一路玩到掛》（The Bucket List）描述兩個身分懸殊的老男人，奮鬥了一輩子，卻在醫院的腫瘤科病房內相遇，並從此結緣，共同製作了遺願清單，希望在有生之年完成夢想。其中一位是企業家，剛住進病房時，帶了各式精緻美食來享用，其中就包含麝香貓咖啡（Kopi Luwak）。

雖然只是電影裡短短的一幕，但是足以說明麝香貓咖啡聞名於世界，而這個麝香貓咖啡正是來自印尼。實際上，所謂的麝香貓咖啡，是採集自麝香貓糞便中的咖啡豆。據說麝香貓體內的某種消化酵素，會改變咖啡豆裡蛋白質的結構，去除掉一些酸味，讓咖啡更順口。不過，真正的麝香貓咖啡可不便宜，在美國一杯可能高達80到100美元之間，說它是世界上最貴的咖啡也不為過。

雖然麝香貓咖啡被譽為是精品咖啡，但是根據英國媒體BBC的報導，目前沒有任何方法可以辨識真貨或假貨。而為了生產更多的麝香貓咖啡豆，很多麝香貓被豢養在環境不佳的籠子裡，被逼迫餵食過量的咖啡豆。因此，喜歡喝咖啡也同時關心野生動物的您，還是盡量避免喝麝香貓咖啡吧！

1. Pergi Belajar 去上學
2. Di Sini Senang, Di Sana Senang 這裡開心，那裡也開心

動一動 Permainan layangan 放風箏

印尼社會最普遍的休閒活動之一，就是放風箏。早期還有很多人自行製作風箏，只要拿些竹子，削成細條，綑綁成菱形或其他形狀，再黏上紙並綁上繩子，就可以是一個簡易的風箏了。印尼有很多空地，通常在假日傍晚，許多人喜歡到這些廣場空地去走走，放風箏也成了最佳的親子活動。

煮一煮 Sambal Goreng Kentang 辣炒馬鈴薯

印尼的街頭自助餐店（Warung Tegal或Warteg），是印尼人解決午晚餐最便利的地方。如果不想吃肉，只夾一些菜或豆腐，一餐的價錢差不多台幣25元到35元左右，非常便宜。而這一道辣炒馬鈴薯正是自助餐店常見的菜餚，因為人人都愛吃馬鈴薯啊！

食材

所需時間：30分鐘

A	
馬鈴薯	2顆
紅蘿蔔	1條
牛肝或雞肝（切丁）	約200克
豌豆	10條
炸膨皮	100克

B	
紅蔥頭	10粒
蒜頭	8瓣
紅辣椒	8條（或適量）
山核桃	3顆
番茄	2顆
南薑	3片
香茅葉	3片
椰漿	100克

作法

1. 將馬鈴薯與紅蘿蔔切丁炸熟，牛肝或雞肝放在熱水中川燙，撈起備用。
2. 豌豆用熱水川燙，膨皮油炸，撈起備用。
3. 紅蔥頭、蒜頭、紅辣椒、山核桃、番茄用食物調理機打碎後放入平底鍋爆香，再加入南薑和香茅葉一起爆香。
4. 爆香之後，依序放入馬鈴薯、紅蘿蔔、牛肝或雞肝以及膨皮翻炒，最後再加入椰漿，煮滾之後就可熄火，最後加入豌豆攪拌，即可享用。

Pelajaran 6

Nama kamu siapa?

第六堂課：你叫什麼名字？

學習重點

1. 學習如何詢問對方的名字。
2. 學習說出自己的名字。
3. 重要句型：
   「Aku＋名詞.」
   「Kamu＋名詞?」
   「Saya juga＋名詞.」
4. 姓名、國名、身分等說法。

一、關鍵單字

nama 名字

siapa 誰

aku 我

kamu 你

siswa 學生

tingkat satu 一年級

mahasiswa 大學生

siswa SMA 高中生

guru 老師

orang Taiwan 台灣人

orang Indonesia 印尼人

orang Tiongkok 中國人

orang Amerika Serikat 美國人

小提醒：「SMA」是「Sekolah Menengah Atas」（高中）的縮寫。

MP3-49

二、會話

Nama kamu siapa? 你叫什麼名字？

Jokowi：Nama kamu siapa?
你叫什麼名字？

Iriana：Nama aku Iriana.
我的名字是伊莉安娜。
Nama kamu siapa?
你叫什麼名字？

Jokowi：Nama aku Jokowi.
我的名字是佐科威。

Iriana：Kamu siswa?
你是學生嗎？

Jokowi：Ya, aku siswa tingkat satu. Kamu?
是的，我是一年級學生。你呢？

Iriana：Aku juga siswa tingkat satu.
我也是一年級學生。

三、重點句型

肯定句

「Aku＋名詞.」	**我是名詞。**
Aku siswa.	我是學生。

疑問句

「Kamu＋名詞?」	**你是名詞嗎？**
Kamu siswa?	你是學生嗎？

A：Kamu siswa?	你是學生嗎？
B：Ya, saya siswa.	是，我是學生。
A：Kamu orang Taiwan?	你是台灣人嗎？
B：Ya, saya orang Taiwan.	是，我是台灣人。

副詞「juga」（也是）

「Aku juga＋名詞.」	**我也是名詞。**
Aku juga siswa.	我也是學生。

A：Jokowi siswa?	佐科威（是）學生嗎？
B：Ya, Jokowi siswa.	是，佐科威（是）學生。
A：Iriana siswa?	伊莉安娜（是）學生嗎？
B：Ya, Irianan juga siswa.	是，伊莉安娜也是學生。

四、練習唸唸看

練習 1 Aku siswa.

guru

orang Taiwan

orang Indonesia

練習 2 Nama kamu siapa?

Bapak

Ibu

Kakak

練習 3 Nama aku Jokowi.

Iriana

練習 4 Kamu siswa?

guru

orang Taiwan

orang Indonesia

練習 5 Aku juga siswa.

guru

orang Taiwan

6

五、文法焦點

「nama kamu」（你／妳的名字）

「nama」是「名字」，「kamu」是「你／妳」，「nama kamu」是「你／妳的名字」。這是詢問別人名字的主要方式。在印尼社會，最好使用稱呼來代替「kamu」，比較有禮貌。例如：bapak（先生）、ibu（女士）、kakak（哥哥或姐姐）。

- Nama Bapak siapa?　　（先生）您的名字是什麼？
- Nama Ibu siapa?　　（女士）您的名字是什麼？
- Nama Kakak siapa?　　（哥哥或姐姐）您的名字是什麼？

疑問代名詞「siapa」（誰）

在詢問名字時，印尼語習慣用「siapa」（誰）。詢問他人的身分時，也是使用「siapa」。

- Kamu siapa?　　你是誰？
- Dia siapa?　　他是誰？

「nama saya」（我的名字）

「saya」是「我」，「nama saya」是「我的名字」。另外，「aku」也是「我」，是比較口語的說法。

- Nama saya Jokowi.　　我的名字是佐科威。
- Nama aku Iriana.　　我的名字是伊莉安娜。

焦點4 印尼語文字的大寫

印尼語文字中的大寫規則，大部分是與英語一樣的。例如句子的第一個字、專有名詞、人名和地名等。「bapak」（先生）、「ibu」（女士）、「kakak」（哥哥或姐姐），在一般用法上是小寫，但當在對話中和夾帶名字時，需要用大寫。

- Nama Bapak siapa?　　先生您的名字是什麼？
- Bapak Wayan　　瓦言先生
- Ibu Siti　　西蒂女士

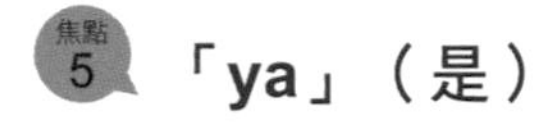

焦點5 「ya」（是）

表示肯定、確定、對、認同、同意時，可以用「ya」（是）。

- Ya, saya siswa.　　是，我是學生。
- Ya, saya orang Taiwan.　　是，我是台灣人。

焦點6 印尼語的人稱代名詞

印尼語的人稱代名詞如下。要特別注意的是，通常表達「你／妳」的時候，會使用稱呼，例如：「bapak」指「先生（您）」、「ibu」指「女士（您）」等。

	單數	複數
第一人稱	saya 我（正式） aku 我	kami 我們 kita 我們大家
第二人稱	kamu 你／妳	kalian 你們／妳們
第三人稱	dia 他／她	mereka 他們／她們

聽一聽　聽聽MP3，並選擇正確的答案。 MP3-50

1.

A. Nama saya siapa?　　B. Nama dia siapa?

C. Nama kamu siapa?

2.

A. Nama saya Siti.　　B. Nama dia Siti.

C. Nama kamu Siti.

3.

A. Nama saya siapa?　　B. Nama Ibu siapa?

C. Nama Bapak siapa?

4.

A. Nama dia siapa?　　B. Nama Ibu siapa?

C. Nama kamu siapa?

5.

A. Nama saya Jokowi.　　B. Nama dia Jokowi.

C. Nama kamu Jokowi.

說一說　請根據題目，說出正確的印尼語。

1. 你要詢問一位先生的名字，你應該說：＿＿＿＿＿＿＿＿＿＿

2. 你要詢問一位女士的名字，你應該說：＿＿＿＿＿＿＿＿＿＿

3. 如果老師要詢問學生的名字，應該說：＿＿＿＿＿＿＿＿＿＿

4. 你要表明自己是台灣人，你應該說：＿＿＿＿＿＿＿＿＿＿

5. 你要詢問對方是誰，你應該說：＿＿＿＿＿＿＿＿＿＿

請選出正確答案，並試著唸出來。

1. 名字
   A. siapa B. nama C. saya
2. 我
   A. saya B. kamu C. nama
3. 學生
   A. guru B. orang C. siswa
4. 老師
   A. juga B. siswa C. guru
5. 印尼人
   A. orang Taiwan B. orang Indonesia C. Indonesia

6

請在空格內寫上正確的答案。

Suharto：Nama kamu (1) ________________________?
你叫什麼名字？

Siti：Nama saya Siti.
我的名字是西蒂。
Nama (2) ________________________ siapa?
你叫什麼名字？

Suharto：Nama (3) ________________________ Suharto.
我的名字是蘇哈多。

Siti：Kamu (4) ________________________?
你是學生嗎？

Suharto：(5) ________________________, saya siswa tingkat satu.
是的，我是一年級學生。

印尼人的名字

Q：以下哪一個是印尼人常見的名字？

A. 布迪（Budi）　　B. 阿迪（Ade）

C. 瓦言（Wayan）　　D. 西蒂（Siti）

印尼有三百多個族群，所以命名的方式也很多種。若以爪哇族來說，通常是用單名制，也就是名字只有單一個字，但現在比較多是用雙名或多名制。無論如何，他們的特色都是「沒有姓氏」。很多人有先入為主的觀念，認為名字一定有「姓氏」，認識了爪哇人之後，才知道世界上有些人不一定有姓氏的。

爪哇人常見的名字有很多，像是男生的名字有：蘇卡諾（Soekarno）、蘇哈多（Suharto）、布迪（Budi）、阿迪（Ade）。而女生的名字有：西蒂（Siti）、德薇（Dewi）、阿莉安娜（Ariana）等。現在比較常見是多名制，例如：佐科．威多多（Joko Widodo）、巴蘇基．察哈加．布納瑪（Basuki Tjahaja Purnama）等。

比較特別的是峇里島人的名字。大部分的峇里島人會依照家中排行來為孩子取名，共有四個順位。如果是男性，老大會叫「瓦言」（Wayan）、老二叫「瑪德」（Made）、老三叫「諾曼」（Nyoman）、老四叫「格度」（Ketut）。所以在峇里島，你可能會遇到很多人都叫「瓦言」，那其實只是代表他在家中的排行而已。例如，有人的名字是「瓦言．聞迪亞」（Wayan Windia），另一個人的名字則是「瓦言．迪賈」（Wayan Tika），但是在稱呼上，我們都稱為「瓦言先生」（Pak Wayan）。

有機會的話，也來為自己取一個合適的印尼名字吧！

1. Kalau Kau Senang Hati 如果你高興
2. Bintang Kecil 小星星

動一動 Egrang 踩高蹺

印尼盛產竹子，因此印尼社會也研發出許多和竹子相關的遊戲。其中一個遊戲，台灣社會應該也不陌生，那就是「踩高蹺」。玩法相當簡單，首先使用約210公分的竹子，在30公分處綁上一個比較短的竹子，讓腳可以踩在上面。一個人手持著兩根竹子，踩在上面，就像自己的腳一樣，比誰走得最快最穩。

煮一煮 Kue Lapis 千層糕

只要講到東南亞的糕點，很多人腦中馬上聯想到「娘惹糕」。其實「娘惹糕」只能算是一個統稱，泛指在東南亞社會常見的糕點，類似台灣的「粿」，只是主要的原料通常會加入椰奶。而在眾多娘惹糕當中，要屬「千層糕」最常見了。甚至有此一說，是每位印尼媽媽都一定會做千層糕喔！

食材

所需時間：45分鐘

食材	份量	食材	份量
粘米粉	60克	椰漿	400毫升
砂糖	110克	水	200毫升
木薯粉	300克	班蘭葉	2把

作法

1. 將班蘭葉放入攪拌機內，加入200毫升的水打成班蘭汁，過篩兩次隔去葉渣，備用。
2. 將砂糖和椰漿放入鍋內煮至砂糖完全溶解後，放涼備用。
3. 將木薯粉和粘米粉放入攪拌盆內，加入甜椰漿，攪拌至完全無顆粒，平均分成兩份，備用。
4. 將其中一份加入班蘭葉汁，即為九層糕中的班蘭葉汁層。另一份維持原樣，為九層糕中的白色椰汁層。
5. 將蒸盤備好，先放入鍋內蒸3分鐘（預熱），再倒入一大勺班蘭椰漿汁，中火蒸約7分鐘後，表面會稍微呈現凝固狀，再加入一大勺白色椰汁。重復這樣的步驟，直到糊漿用完為止。
6. 最後一層可蒸久一些，約10到15分鐘後，即可熄火，放涼後即可享用。

Pelajaran 7

Kamu dari mana?

第七堂課：你來自哪裡？

學習重點

1. 學習如何詢問對方來自哪裡。
2. 學習說出自己的家鄉。
3. 重要句型：
   「Perkenalkan, saya＋名字.」
   「Saya dari＋地點.」
   「Saya＋形容詞.」
4. 職業、地點等說法。

一、關鍵單字

dari 來自

mana 哪裡

Taipei 台北

Jakarta 雅加達

Surabaya 泗水

perkenalkan 介紹一下

karyawan 職員

sekretaris 祕書

kantor 辦公室

sekolah 學校

baik 好

sehat 健康

cantik 美麗

langsing 苗條

sangat 非常

sekali 極了

MP3-52

二、會話

Saya dari Taiwan. 我來自台灣。

Jokowi：Perkenalkan, saya Jokowi.
（自我）介紹一下，我是佐科威。

Dewi：Apa kabar, Mas Jokowi?
你好嗎，佐科威兄？

Jokowi：Kabar baik. Saya dari Indonesia.
很好。我來自印尼。

Kamu dari mana?
你來自哪裡？

Dewi：Saya Dewi.
我是德薇。

Saya dari Taiwan.
我來自台灣。

Saya karyawan di Jakarta.
我是在雅加達的職員。

三、重點句型

肯定句

「Perkenalkan, saya＋名字.」	**（自我）介紹一下，我是名字。**
Perkenalkan, saya Jokowi.	（自我）介紹一下，我是佐科威。
A：Nama kamu siapa?	你叫什麼名字？
B：Perkenalkan, saya Dewi.	（自我）介紹一下，我是德薇。

肯定句

「Saya dari＋地點.」	**我來自地點。**
Saya dari Taiwan.	我來自台灣。
A：Kamu dari mana?	你來自哪裡？
B：Saya dari Taiwan.	我來自台灣。

肯定句

「Saya＋形容詞.」	**我（很）形容詞。**
Saya baik.	我（很）好。
Saya sehat.	我（很）健康。
Saya cantik.	我（很）美麗。

四、練習唸唸看

練習 1 Perkenalkan, saya Jokowi.

Dewi

Iriana

練習 2 Kamu dari mana?

Bapak

Ibu

練習 3 Saya dari Taiwan.

Indonesia

Surabaya

練習 4 Saya karyawan di Jakarta.

sekretaris　kantor

guru　sekolah

練習 5 Saya baik.

sehat

cantik

langsing

五、文法焦點

「perkenalkan」（介紹一下）

「perkenalkan」用在介紹自己或他人的時候，通常是自我介紹的開場白。

- Perkenalkan, saya Jokowi.　　（自我）介紹一下，我是佐科威。
- Perkenalkan, saya Dewi.　　（自我）介紹一下，我是德薇。

焦點 2 疑問代名詞「Dari mana?」（來自哪裡？）

「Dari mana?」人們在互相認識時，印尼人習慣問對方來自哪裡。要記得使用尊稱來詢問對方。

- Dari mana?　　來自哪裡？
- Kamu dari mana?　　你來自哪裡？
- Bapak dari mana?　　先生（您）來自哪裡？

焦點 3 介係詞「dari...」（來自……）

「dari...」用來表達來自的地方或家鄉。「dari」是介係詞「來自」的意思。

- Dari Taiwan.　　來自台灣。
- Dari Indonesia.　　來自印尼。

焦點 4 「代名詞／名詞＋形容詞」

「代名詞／名詞＋形容詞」是印尼語的基本句型之一。有時候也可以加上副詞，例如：「sangat」（非常）、「sekali」（極了）等。

- Saya baik.　　我（很）好。
- Saya sangat baik.　　我很好。
- Saya baik sekali.　　我好極了。

聽一聽 聽聽MP3，並選擇正確的答案。 MP3-53

1. ___________, saya Jokowi.
   A. Siapa　B. Perkenalkan　C. Nama kamu
2. Kamu ___________mana?
   A. apa　B. di　C. dari
3. Saya dari ___________.
   A. Indonesia　B. Taiwan　C. bahasa Indonesia
4. Saya ___________ di Jakarta.
   A. guru　B. karyawan　C. sekretaris
5. Saya ___________.
   A. cantik　B. sehat　C. baik

說一說 請根據題目，說出正確的印尼語。

1. 想要知道一位印尼朋友來自哪裡，你可以問：___________
2. 回答自己來自台灣，你可以說：___________
3. 要自我介紹，開場白可以說：___________
4. 介紹自己是在台北的老師，你可以說：___________
5. 想要說自己很健康，你可以說：___________

讀一讀 請選出正確答案，並試著唸出來。

1. 哪裡

A. mana　　B. nama　　C. saya

2. 學校

A. kantor　　B. sekolah　　C. dari

3. 辦公室

A. sekolah　　B. mana　　C. kantor

4. 職員

A. guru　　B. siswa　　C. karyawan

5. 來自

A. dari　　B. di　　C. mana

請在空格內寫上正確的答案。

Suharto：(1) ________________________, （自我）介紹一下，

(2) __________________ saya Suharto. 我的名字是蘇哈多。

Siti：Nama saya Siti. 我的名字是西蒂。

Kamu (3) ________________________? 你來自哪裡？

Suharto：(4) ________________________ dari Indonesia. 我來自印尼。

Siti：Saya (5) __________________ Indonesia juga. 我也來自印尼。

印尼的國家宗教

Q：印尼的國家宗教是什麼？

A. 基督教　B. 天主教　C. 伊斯蘭教　D. 以上皆非

很多人以為印尼的國家宗教是伊斯蘭教（Islam），其實這個答案並不正確。雖然印尼人口中百分之八十五是穆斯林，但是，伊斯蘭教並非印尼的國教。印尼一共承認六大宗教，除了伊斯蘭教之外，還有基督教、天主教、印度教、佛教和孔教。

不論信奉何種宗教，全國人民都必須要有宗教信仰，這是明訂在建國五大原則（Pancasila）裡的。而在這六大宗教裡，大家比較不熟悉的可能就是孔教了。其實孔教在印尼的歷史也相當悠久，在1900年時，儒學便隨著華人移民來到了印尼，當時，移民不僅成立了「中華會館」，孔子學說也被普遍認為是華人宗教文化的精髓。然而，在1966年以後，印尼禁止華文教育，孔教也轉為地下化或家庭化。直到1999年以後，才又重新被印尼政府承認。

由於印尼是個多元族群、多元宗教的國家，因此在印尼看得到不同的文化風景。例如，在爪哇島和蘇門答臘，以伊斯蘭教為主，到了峇里島則是以印度教為主。峇里島以東的島嶼，大部分以基督教或天主教為主。

因此，到不同的地方，要記得先了解當地的宗教信仰，才不至於觸犯禁忌喔！

1. Selamat Ulang Tahun & Panjang Umurnya 生日快樂
2. Topi Saya Bundar 我的帽子是圓的

動一動 Kelom Batok 踩椰殼

印尼除了盛產竹子之外，也盛產椰子。熱帶國家處處可見的椰子樹，功能可多了。其中最主要是食用椰子水、椰子的果肉和利用椰葉。當剖開椰子之後，除了把果肉刮下來之外，椰子殼還可以做很多別的功用，例如雕刻成裝飾品等。有一個傳統的童玩就是用椰殼來當道具。首先，在剖半的椰殼上穿一個洞，綁上繩子，然後每人兩腳上各踩著半顆椰殼，看誰走得最快。

煮一煮 Sate 印尼沙嗲

印尼有很多美味的街頭小吃，Sate肯定是最值得推薦的。Sate很多時候會直譯成「沙嗲」，但其實就是烤肉串。在印尼常見的沙嗲是使用雞肉，也有牛肉和羊肉，在有些地方也有兔子肉呢！沙嗲的美味，除了是因為用傳統的炭火燒烤之外，還有特製的醬料，如此搭配起來，才是沙嗲真正道地的吃法喔！

食材

所需時間：30分鐘

A 醃肉食材	
雞胸肉	2片
薑黃粉	半茶匙
小茴香粉	1茶匙
醬油	半茶匙
薑末	適量
黑糖	2茶匙
魚露	1茶匙
椰漿	1茶匙

B 沙嗲醬食材	
花生粒	100克
辣椒	2條
水	50毫升
魚露	2茶匙
羅望子醬	2茶匙
大蒜	4瓣
椰漿	150公升
醬油	1茶匙
黑糖	2茶匙

作法

1. 將雞胸肉切丁，並用A當中的其他調味料來醃肉，放進冰箱2小時。
2. 將雞肉取出，用竹籤串成雞肉串。起油鍋，將雞肉串放入煎鍋內，每一面慢煎約3分鐘，起鍋備用。
3. 另起油鍋製作沙嗲醬，加入B食材中的大蒜和辣椒爆香，加入花生碎粒拌炒，再加入椰漿、羅望子醬、醬油、黑糖、魚露和水。
4. 煮滾之後轉小火慢慢收汁，煮至濃稠狀即可起鍋，與煎好的雞肉串一起享用。

MEMO

Pelajaran 8

Kamu tinggal di mana?

第八堂課：你住在哪裡？

學習重點

1. 學習如何詢問對方住在哪裡。
2. 學習說出自己住的地方。
3. 重要句型：
   「Kamu＋動詞＋di mana?」
   「Saya tinggal di＋地點.」
   「Apakah＋完整句子?」
4. 主要動詞的用法。
5. 所有格的用法。

一、關鍵單字

di 在

mana 哪裡

tinggal 住

bekerja 工作

belajar 學習

berada 位於

berwisata 旅遊

kamar 房間

orang 人

seorang 一位

siswa 學生

sini 這裡

sana 那裡

situ 那裡

sekarang 現在

dulu 以前

pernah 曾經

MP3-55

二、會話

Saya tinggal di Jakarta. 我住在雅加達。

Jokowi ：Kak Iriana tinggal di mana?
伊莉安娜姐住在哪裡？

Iriana ：Saya tinggal di Taipei.
我住在台北。
Kalau Mas Jokowi?
佐科威兄呢？

Jokowi ：Saya tinggal di Jakarta sekarang.
我現在住在雅加達。

Iriana ：Apakah Mas bekerja di Jakarta juga?
您是否也在雅加達工作呢？

Jokowi ：Ya, kantor saya ada di Jakarta.
是，我的辦公室在雅加達。

Iriana ：Dulu saya pernah belajar di Jakarta.
以前我曾經在雅加達唸書。

三、重點句型

疑問句

「Kamu＋動詞＋di mana?」 **你動詞在哪裡？／你在哪裡動詞？**

Kamu tinggal di mana? 你住在哪裡？

Kamu bekerja di mana? 你在哪裡工作？
Kamu belajar di mana? 你在哪裡學習（唸書）？

肯定句

「Saya tinggal di＋地點.」 **我住在地點。**

Saya tinggal di Taipei. 我住在台北。

A：Kamu tinggal di mana? 你住在哪裡？
B：Saya tinggal di Taipei. 我住在台北。

疑問句

「Apakah＋完整陳述句?」 **是否完整陳述句？**

Apakah Mas bekerja di Jakarta juga? 您是否也在雅加達工作？

Apakah kamu orang Taiwan? 您是否是台灣人？
Apakah kamu dari Taipei? 您是否來自台北？

四、練習唸唸看

練習 1 Kamu tinggal di mana?

bekerja

belajar

berada

練習 2 Saya tinggal di Taipei sekarang.

bekerja

belajar

berada

練習 3 Apakah kamu bekerja di Jakarta?

kamu orang Taiwan

kamu seorang siswa

練習 4 Kantor saya ada di Jakarta.

Sekolah	sini
Rumah	sana
Kamar	situ

練習 5 Dulu saya pernah belajar di Jakarta.

bekerja

berwisata

五、文法焦點

焦點1 疑問代名詞「di mana?」（在哪裡？）

「di mana」用在詢問地點，通常可以搭配不同的動詞。

· Tinggal di mana? 住在哪裡？
· Bekerja di mana? 在哪裡工作？

焦點2 疑問代名詞「Apakah...?」（是否……？）

「Apakah...?」的字根是「apa」（什麼），「-kah」是疑問語助詞，放在句首時是「是否」的意思，通常連接完整的句子。

· Apakah kamu orang Taiwan? 你是否是台灣人？
· Apakah kamu dari Taipei? 你是否來自台北？

焦點3 所有格的用法

印尼語所有格的格式是「名詞＋代名詞」，而若是第三人稱的「dia」，則會變化形式，變成「-nya」。

· kantor saya 我的辦公室
· sekolah kamu 你的學校
· bajunya 他／她的衣服

焦點4 副詞「dulu」（以前）

當「dulu」在句首時，是「以前」的意思。

· Dulu saya pernah bekerja di Taipei. 以前我曾在台北工作。
· Dulu saya suka makan nasi goreng. 以前我喜歡吃炒飯。

小測驗

聽一聽 聽聽MP3，並選擇正確的答案。 MP3-56

1. Kamu ____________ di mana?
   A. belajar　　B. bekerja　　C. tinggal

2. Saya tinggal ____________ Taipei.
   A. apa　　B. dari　　C. di

3. Saya tinggal di Jakarta ____________.
   A. tadi　　B. sekarang　　C. nanti

4. ____________ ada di Jakarta.
   A. Kantor saya　　B. Sekolah saya　　C. Rumah saya

5. Dulu saya ____________ belajar di Jakarta.
   A. pernah　　B. belum　　C. sudah

說一說 請根據題目，說出正確的印尼語。

1. 想要詢問印尼朋友住在哪裡，你可以說：

   ____

2. 想要詢問印尼朋友在哪裡工作，你可以說：

   ____

3. 想要詢問印尼朋友人在哪裡，你可以說：

   ____

4. 回應說自己住在台北，你可以說：

   ____

5. 說明自己的家在台北，你可以說：

   ____

讀一讀 選出正確答案，並試著唸出來。

1. 住

A. tinggal B. bekerja C. belajar

2. 曾經

A. dari B. dulu C. pernah

3. 現在

A. nanti B. sekarang C. tadi

4. 在哪裡

A. di mana B. dari mana C. ke mana

5. 以前

A. dari B. dulu C. di

寫一寫 請在空格內寫上正確的答案。

Suharto：Kak Siti (1) ________________ di mana?
西蒂姐住在哪裡？

Siti：Saya tinggal (2) ________________ Taipei.
我住在台北。
Kalau Mas Suharto?
蘇哈多兄呢？

Suharto：Saya (3) ________________ sekarang.
我現在住在雅加達。

Siti：Apakah Mas (4) ________________ di Jakarta juga?
您是否也在雅加達工作呢？

Suharto：Ya, (5) ________________ ada di Jakarta.
是，我的辦公室在雅加達。

齋戒月

Q：齋戒月是如何進行的？

A. 不吃不喝長達一個月

B. 一個月內不吃豬肉

C. 一個月內在太陽升起之後到落日以前不吃不喝

D. 一個月內在晚上和凌晨不吃不喝

印尼是全世界穆斯林最多的國家，雖然伊斯蘭不是印尼的國家宗教，不過全國也有高達百分之八十五的人民信仰伊斯蘭教，因此，伊斯蘭的節日，也就順理成章成為印尼各地的主要節慶。

其中，在每年伊斯蘭曆的9月（Ramadan），穆斯林按照古蘭經的指示，都需要進行齋戒。所謂的齋戒指的是在身體、行為上進行一些戒律，包括在白天的時候不吃不喝、在這一個月內不隨意辱罵別人、不進行親密行為等。但是也有例外的時候，例如病人、孕婦、經期中的女性、老人、小孩等。

因此在齋戒期間，穆斯林在日出之前，大約凌晨3點，就會起床準備餐點，用完餐之後，或許會回去小睡片刻，直到日出了，進行早禱之後，就會出門上班或上課。穆斯林並不會因為齋戒月而停班停課，不過，很多學校和公司都會調整下課或下班時間，讓穆斯林提早回去進行開齋。到了落日的開齋時間，在朗誦經文之後，大家就可以恢復正常飲食，結束一天的戒律，也代表作為虔誠的穆斯林，這一天的齋戒功課圓滿結束了。

這一個月，對穆斯林來說並不會特別辛苦，反而是一個快樂、平靜、安詳、反省、神聖的一個月。所以未來遇到正在齋戒的穆斯林朋友，應該避免在他面前吃喝，以表達理解和尊重。

1. Paman Datang 伯父來了
2. Semut Semut Kecil Saya Mau Tanya 小螞蟻，我要問

動一動 Congklak 播棋

Congklak是印尼的傳統童玩，由長形木盒與貝殼或彈珠組成的傳統遊戲。遊戲的規則很簡單，將木盒擺在中間，兩位玩家面對面坐下。一個木盒上通常會有16個凹洞（7個並排、左右兩端再各1個），雙方在自己面前的7個凹洞裡各放入7顆小貝殼或彈珠，雙方加起來總共是98顆，而木盒兩端的凹洞是倉房，則空置著。面對Congklak右側的倉房是屬於自己的。

玩法是選擇自己這一排的任一個凹洞，把裡面的棋子全部拿出來，然後往逆時針的方向走，每經過一個凹洞就放一顆棋子，包括自己的倉房，同時也要放進對方的凹洞中，但不放到對方的倉房中。

如果最後一顆棋子剛好放在自己的倉房中，就可以再走一次。而如果最後一顆棋子剛好放在自己空的凹洞裡，則那顆棋子可直接放至自己的倉房中，並且可從對方對應的凹洞中拿走全部棋子放在自己的倉房。勝負就是看誰先將對方的棋子吃完，或是直到有一方無棋可下為止。

煮一煮 Lontong Sayur 椰奶蔬菜湯

印尼人過去也是農村社會，所以習慣在早餐的時候是飯或麵，才有飽足感。很多人的早餐喜歡吃這一道「Lontong Sayur」（椰奶蔬菜湯）。其實，「lontong」是印尼的飯糰，通常是長筒狀，蒸熟之後再切片食用，而「sayur」是蔬菜的意思，所以這一道其實是飯糰搭配蔬菜湯，裡面的蔬菜也可以隨意按照自己的喜愛而增減。

食材

所需時間：30分鐘

A		B	
紅蘿蔔	1條	蒜頭	5瓣
高麗菜	適量	薑	1塊
長豆	適量	紅蔥頭	5粒
茄子	1條	蝦米乾	適量
炸豆腐	適量	辣椒	適量
薑黃粉	2大匙	鹽巴	適量
椰漿	300毫升	糖	1大匙

作法

1. 將B材料中的蒜頭、薑、紅蔥頭、蝦米乾和辣椒切碎爆香，加入A的紅蘿蔔、高麗菜、長豆、茄子和炸豆腐一起下鍋炒一炒，再加入薑黃粉、椰漿和適量的水。
2. 所有的菜煮到軟即可，加入鹽巴和糖調味後上菜，再搭配米糕、飯糰或白飯來吃。

MEMO

Pelajaran 9

Ini apa?

第九堂課：這是什麼？

學習重點

1. 學習指示代名詞的用法。
2. 重要句型：
   「指示代名詞＋apa?」
   「指示代名詞＋名詞.」
   「指示代名詞＋bukan＋名詞.」
   「指示代名詞＋名詞＋atau＋名詞?」
3. 食物、生活用品等說法。

MP3-57

一、關鍵單字

ini 這個

itu 那個

apa 什麼

kalau 如果

kain 布

batik 蠟染布「峇迪」

songket 刺繡布「宋吉」

bukan 不是

atau 或、還是

teh 茶

air 水

baju 衣服

celana 褲子

buku 書

mobil 車子

sepatu 鞋子

topi 帽子

kopi 咖啡

nasi 飯

roti 麵包

MP3-58

二、會話

Ini apa? 這是什麼？

Susi ：Ini apa, Pak?
先生，這是什麼？

Penjual：Ini kain batik.
這是蠟染布「峇迪」。

Susi ：Kalau itu?
如果是那個呢？
Itu juga kain batik?
那也是蠟染布「峇迪」嗎？

Penjual：Bukan.
不是。
Itu bukan kain batik.
那不是蠟染布「峇迪」。
Itu kain songket.
那是刺繡布「宋吉」。

Susi ：Ini teh atau air?
這是茶還是水？

Penjual：Itu teh.
那是茶。

三、重點句型

肯定句

「指示代名詞＋名詞.」	指示代名詞是名詞。
Ini kain.	這是布。
Ini baju.	這是衣服。
Itu celana.	那是褲子。

否定句

「指示代名詞＋**bukan**＋名詞.」	指示代名詞不是名詞。
Ini bukan kain batik.	這不是蠟染布「峇迪」。
Ini bukan buku.	這不是書。
Itu bukan mobil.	那不是車子。

疑問句

「指示代名詞＋**apa?**」	指示代名詞是什麼？
Ini apa?	這是什麼？
Itu apa?	那是什麼？

疑問句

「指示代名詞＋名詞＋atau＋名詞?」	指示代名詞是名詞還是名詞？
Ini teh atau air?	這是茶還是水？
Ini kain batik atau kain songket?	這是蠟染布「峇迪」還是刺繡布「宋吉」？
Itu baju atau celana?	那是衣服還是褲子？

9

四、練習唸唸看

練習 1

Ini kain.
baju

Itu celana.
mobil

練習 2

Ini apa?

Ini baju.
celana

Itu apa?
Itu kain batik.
kain songket

練習 3

Ini bukan sepatu.
topi

Itu bukan teh.
kopi

練習 4

Ini teh atau air?

kain	baju
kopi	teh

五、文法焦點

焦點1 指示代名詞「ini」（這、這個）、「itu」（那、那個）

「ini」是「這、這個」，「itu」是「那、那個」。「ini」和「itu」放在句首時，固定代表「這是」和「那是」的意思。在簡單的句子中，印尼語的「adalah」（是）經常被省略。

· Ini buku. 這（是）書。
· Itu baju. 那（是）衣服。

焦點2 疑問代名詞「apa」（什麼）

「apa」是「什麼」的意思，當詢問物品的名稱時，可以使用「apa」。

· Ini apa? 這是什麼？
· Itu apa? 那是什麼？

焦點3 否定詞「bukan」（不是）

「bukan」用來表達否定的意思，等同於中文的「不是」。通常連接「名詞」、「代名詞」。

· Bukan teh. 不是茶。
· Bukan saya. 不是我。

焦點4 連接詞「atau」（或、還是）

「atau」是最常見的連接詞之一，通常用在疑問句中。

· Ini teh atau air? 這是茶還是水？
· Nasi atau roti? 飯還是麵包？

聽一聽 聽聽MP3，並選擇正確的答案。 MP3-59

1. Ini ____________?
   A. siapa　　B. apa　　C. mana
2. Ini ____________.
   A. baju　　B. kain　　C. celana
3. Ini baju ____________ kain?
   A. dan　　B. atau　　C. bukan
4. Ini ____________ meja.
   A. atau　　B. tidak　　C. bukan
5. ____________ kain batik ____________ kain songket?
   A. Ini...dan　　B. Itu...atau　　C. Ini...bukan

說一說 請根據題目，說出正確的印尼語。

1. 去市場買東西，想要問攤販某個物品是什麼，可以說：

   ____

2. 攤販若回答「這是蠟染布峇迪」，他會說：

   ____

3. 在餐廳看到隔壁桌的餐點，想問服務生那個餐點是什麼，可以說：

   ____

4. 服務員回答「這是咖啡」，他應該說：

   ____

5. 服務員回答「這不是咖啡」，他應該說：

   ____

請選出正確答案，並試著唸出來。

1. 什麼
   A. apa　　B. siapa　　C. mana
2. 布
   A. batik　　B. baju　　C. kain
3. 褲子
   A. sepatu　　B. celana　　C. buku
4. 這個
   A. apa　　B. ini　　C. bukan
5. 那個
   A. itu　　B. di　　C. kopi

請在空格內寫上正確的答案。

Susi ：(1) ________________________, Pak?
先生，這是什麼？

Penjual ：Ini (2) ________________________.
這是蠟染布「峇迪」。

Susi ：Kalau itu?
（如果）是那個呢？
Itu juga (3) ________________________?
那也是蠟染布「峇迪」嗎？

Penjual ：(4) ________________________.
不是。
Itu (5) ________________________.
那是刺繡布「宋吉」。

9

開齋節

Q：開齋節是在慶祝什麼？

A. 印尼的新年　　B. 伊斯蘭的新年

C. 齋戒月的結束　　D. 先知穆罕默德的生日

印尼一年之中最盛大的節日，可說是開齋節（Idulfitri）了。開齋節其實並不是印尼的新年，而是慶祝齋戒月結束的日子，對於全世界的穆斯林來說，是全年中最被盛大慶祝的節日。開齋節落在伊斯蘭曆的10月1日，對照陽曆的話，每年將落在不同的日期。

開齋節的慶祝，實際上從前一天晚上就開始。在很多傳統的鄉村，可能還會看到村民們在前一天晚上成群結隊在村子裡繞繞，到家家戶戶去誦經，傳遞齋戒月結束的消息。小孩子們也會燃放鞭炮等，非常熱鬧。

隔天一大早，大家起床洗澡之後，換上新衣，就到清真寺去做開齋節禮拜。然後，回到家裡，開始和親戚朋友們聚餐。這時候，大部分家裡都會打開門戶，歡迎朋友們來訪，並互相祝福。這樣的活動大約持續兩三天，是人們一家團聚的日子。

在印尼，為了讓遊子們回鄉（Mudik），通常會有一個星期的假日，這時候各大城市例如雅加達、泗水等等都鬧空城，而因為遊子們都回鄉了，反倒是平時平靜的鄉村變得熱鬧滾滾！

1. Sepatu 鞋子
2. Ular Naga Panjangnya 長長的蛇

動一動 Sepak Bola 踢足球

印尼最熱門的運動，非足球莫屬。無論城市或鄉村，小孩們一放學最喜歡玩的球類運動就是踢足球了。其實如果了解印尼的自然環境，就不難理解為什麼足球這麼受歡迎。首先，印尼空地很多，隨便一個地方，只要是平地，都可以變成孩子們的遊樂場所。而踢足球的成本也很低，只要一顆球，小孩子們就可以玩得不亦樂乎，不一定需要其他的設備或場地。所以大大小小的足球比賽是印尼人民最關心的體育賽事，就連在台灣的移工，也組了足球隊，每年定期舉辦比賽喔！

煮一煮 Lontong 印尼米糕（飯糰）

印尼有沒有飯糰呢？有的！不過，這個飯糰跟台灣常見的飯糰不一樣。印尼的主食是米飯，所以除了一般的白飯之外，也會做成長筒狀的飯糰。印尼的飯糰就只是單純的米飯，沒有內餡，但煮熟之後會搭配不同的料理來吃，例如沙嗲、蔬菜湯、蔬菜沙拉等。

食材

所需時間：2小時

白米	3杯	香蕉葉	10片
水	2.5公升	繩子	大約30公分

作法

1. 將香蕉葉洗乾淨，放入蒸鍋內蒸約5分鐘，以軟化香蕉葉，取出放涼備用。
2. 將白米洗乾淨、瀝乾。
3. 將白米倒入炒鍋裡，加上2.5公升的水，拌炒到水分被吸乾而米飯軟化為止。
4. 將米飯放在一片香蕉葉上，以蕉葉緊緊壓縮成長筒狀，尾端兩邊折起，用繩子將長筒狀的飯糰綁起來。
5. 將飯糰放入煮滾水的鍋子裡，小火浸煮一個半小時後取出，即可搭配不同的料理來享用。

Pelajaran 10

Ini berapa?

第十堂課：這個多少錢？

學習重點

1. 學習如何詢問價格。

2. 學習說出價錢。

3. 重要句型：

「指示代名詞＋berapa?」

「名詞＋指示代名詞＋berapa?」

「Kasih saya＋名詞.」

「名詞＋dan＋名詞.」

4. 數字、電話號碼等說法。

MP3-60

一、關鍵單字

berapa 多少

roti 麵包

nasi 飯

kalau begitu 那樣的話

kasih 給

harga 價格

Rupiah 印尼盾

belas 十幾

puluh 十位數

ratus 百位數

ribu 千位數

nol 零

其他數字 MP3-61

1～10		11～20	
1	satu	11	sebelas
2	dua	12	dua belas
3	tiga	13	tiga belas
4	empat	14	empat belas
5	lima	15	lima belas
6	enam	16	enam belas
7	tujuh	17	tujuh belas
8	delapan	18	delapan belas
9	sembilan	19	sembilan belas
10	sepuluh	20	dua puluh

30～90		100以上	
30	tiga puluh	100	seratus
40	empat puluh	200	dua ratus
50	lima puluh	300	tiga ratus
60	enam puluh	400	empat ratus
70	tujuh puluh	500	lima ratus
80	delapan puluh	600	enam ratus
90	sembilan puluh	700	tujuh ratus
		800	delapan ratus
		900	sembilan ratus

1000以上			
1000	seribu	6000	enam ribu
2000	dua ribu	7000	tujuh ribu
3000	tiga ribu	8000	delapan ribu
4000	empat ribu	9000	sembilan ribu
5000	lima ribu		

二、會話

Ini berapa? 這個多少錢？

Susi ： Roti ini berapa, Pak?
先生，這麵包多少（錢）？

Penjual ： Dua puluh tiga ribu Rupiah.
2萬3千印尼盾。

Susi ： Nasi itu berapa, Pak?
先生，那個飯多少錢？

Penjual ： Empat puluh ribu Rupiah.
4萬印尼盾。

Susi ： Kalau kopi ini, harganya berapa?
如果是這杯咖啡，價格多少？

Penjual ： Seratus ribu Rupiah.
10萬印尼盾。

Susi ： Kalau begitu, kasih saya roti satu dan kopi satu.
那樣的話，請給我一個麵包和一杯咖啡。

Penjual ： Baik, Bu.
好的，女士。

三、重點句型

疑問句

「指示代名詞＋**berapa?**」	指示代名詞多少（錢）？
Ini berapa?	這個多少錢？
Itu berapa?	那個多少錢？

疑問句

「名詞＋指示代名詞＋**berapa?**」	名詞＋指示代名詞＋多少（錢）？
Baju ini berapa?	這件衣服多少錢？
Buku itu berapa?	那本書多少錢？

肯定句

「**Kasih saya**＋名詞.」	請給我名詞
Kasih saya roti.	請給我麵包。
Kasih saya roti satu.	請給我一個麵包。

連接詞「dan」（和）

「名詞＋**dan**＋名詞.」	名詞和名詞
Roti dan kopi.	麵包和咖啡。
Nasi dan mi.	飯和麵。
Saya dan kamu.	我和你。

四、練習唸唸看

練習 1 請說出下列數字。

① 1～10、11～19

② 21 → dua puluh satu

③ 35 → tiga puluh lima

④ 48 → empat puluh delapan

練習 2 請說出下列電話號碼及自己家中的電話號碼。

① 02-2356-7894

→ nol dua, dua tiga lima enam, tujuh delapan sembilan empat

② 0925-634-178

→ nol sembilan dua lima, enam tiga empat, satu tujuh delapan

③ 自己家中的電話號碼

練習 3 請說出下列的價錢，須注意印尼語的千位數用「.」來表示。

① Rp. 100.000 → Seratus ribu Rupiah.

② Rp. 456.000 → Empat ratus lima puluh enam ribu Rupiah.

練習 4 Kasih saya roti.

kopi

nasi

練習 5 Ini berapa?

Itu

Roti ini berapa?

Kopi ini

五、文法焦點

焦點1 「名詞＋ini」（這個……）、「名詞＋itu」（那個……）

當「ini」（這）和「itu」（那）放在名詞後面時，將固定形成「這個、這本、這台、這件」等或「那個、那本、那台、那件」等的意思。

- mobil ini　這台車
- buku ini　這本書
- orang itu　那個人
- baju itu　那件衣服

焦點2 數字「一」的特殊前綴「se-」

數字「一」有個特殊的前綴「se-」，即在表達數字「十」、「十一」、「一百」、「一千」時，「satu」（一）會變成「se」。

- sepuluh　十
- sebelas　十一
- seratus　一百
- seribu　一千

10

焦點3 疑問代名詞「berapa」（多少）

「berapa」用來詢問一切跟數字相關的問句，例如：號碼、樓層、日期、時間等。在一般生活上，可以直接用「berapa」來詢問價格，也可以加上「harga」（價格）來明確表達想要詢問的是「價錢」。

- Ini berapa?　這個多少（錢）？
- Ini harganya berapa?　這個價格多少？

小提醒：「harganya」中的後綴「-nya」為名詞後綴，有強調之意。

連接詞「dan」（和、還有）

「dan」是「和、還有」的意思。通常用來連接兩個以上的名詞、動詞或形容詞。

· Saya suka makan nasi dan mi. 我喜歡吃飯和麵。
· Kamu cantik dan langsing. 你美麗又苗條。
· Dia makan dan minum. 他又吃又喝。
· Saya suka minum teh, kopi, dan susu. 我喜歡喝茶、咖啡和牛奶。

小測驗

聽一聽 聽聽MP3，並選擇正確的答案。 MP3-63

1. Ini ___________?
   A. siapa　B. apa　C. berapa

2. Ini dua ___________ tiga ribu Rupiah.
   A. puluh　B. ribu　C. belas

3. ___________ harganya berapa?
   A. Ini roti　B. Roti ini　C. Nasi itu

4. Harganya ___________ Rupiah.
   A. ratus ribu　B. seribu ratus　C. seratus ribu

5. Kasih saya ___________.
   A. roti dan nasi　B. roti dan kopi　C. mi atau kopi

說一說 請根據題目，說出正確的印尼語。

1. 請說出自己的電話號碼。
2. 請聆聽同學的電話號碼，寫下來再唸一次。
3. 請嘗試在餐廳內點兩個餐點，使用「dan」（和）。
4. 詢問某個物品的價格多少。
5. 請嘗試回答某個價錢。

請選出正確答案，並試著唸出來。

1. 多少

   A. mana　　B. siapa　　C. berapa

2. 十

   A. sepuluh　　B. seratus　　C. sebelas

3. 麵包

   A. nasi　　B. roti　　C. topi

4. 飯

   A. nasi　　B. nama　　C. mi

5. 價格

   A. dari　　B. berapa　　C. harga

請在空格內寫上正確的答案。

1. 這個多少？

   ____

2. 這台車的價格多少？

   ____

3. （請）給我一個麵包和一杯咖啡。

   ____

4. 這個（是）45萬印尼盾。

   ____

印尼的錢幣

Q：在印尼容易成為百萬富翁，為什麼？

A. 印尼的商機無限，做生意容易成功

B. 印尼盾的面額較大

C. 印尼人都是富翁

D. 印尼紙鈔很多

很多人到印尼旅遊或經商，都對印尼的錢幣留下深刻的印象。為什麼會這樣呢？因為人人到印尼，都馬上變「百萬富翁」啊！其實那是因為印尼盾的面額比較大，最小的錢幣是500印尼盾，相當於台幣1元。

印尼貨幣的名稱是Rupiah，通常翻譯成「印尼盾」。除了最小的面額是500印尼盾，再來就是常見的1000、2000、5000、10000、20000等。最大的面額是100,000印尼盾，是一張紅色的紙鈔，相當於台幣220元左右。由於每一張紙鈔上的0太多，所以很多時候容易看錯。因此，大家在付款的時候要特別小心囉。

在印尼的消費其實不高，例如，小吃店買的印尼炒飯，價格差不多是2萬印尼盾，相當於台幣40元，一杯冰紅茶差不多是4千印尼盾，相當於台幣9元。但是如果到比較高級的餐廳，例如在雅加達著名的百貨公司Senayan City裡的美食街吃火鍋的話，價格差不多是15萬印尼盾，相當於台幣320元。所以在印尼可以相當自由地選擇您要過的生活。

1. Balonku Ada lima 我的氣球有五個
2. Lagu 1234 一二三四歌

動一動 Gebuk guling 抱枕大戰

印尼社會在8月17日的國家獨立紀念日時，各鄉鎮、學校或公司行號會舉辦不同的傳統遊戲比賽，讓民眾參與，一方面是凝聚感情，二來是慶祝國家獨立。其中一個活動相當特別，主辦單位會選擇在河流、湖水或水池舉辦這個活動。首先，架設一個橫越水域的桿子，讓人可以跨坐在上面。一次兩個選手，手上各拿著一個抱枕或枕頭。當評審説開始時，就拿著抱枕互毆，看誰先掉下去水中，就算輸了。這個比賽其實不暴力，反而樂趣十足，每次活動都充滿了笑聲。

煮一煮 Rujak 印尼水果沙拉

印尼有水果沙拉嗎？有的！不過，印尼的水果沙拉跟台灣人比較熟悉的，用千島醬或和風醬調味的水果沙拉不一樣。印尼人喜歡用風味獨特的蝦醬、辣椒和花生調製出辛酸辣口味的醬料，再搭配各式切丁的水果，成為熱帶地方特殊的水果沙拉！有機會一定要試試看！

食材

所需時間：30分鐘

A 各式水果切丁	
鳳梨	適量
青芒果	適量
蓮霧	適量
小黃瓜	適量
豆薯	適量
楊桃	適量
芭樂	適量

B 沾醬	
辣椒	適量
鹽巴	適量
羅望子	3條
椰子糖或紅糖	適量
蝦醬	3大匙
花生粒	適量
熱水	100毫升

作法

1. 將各種水果洗乾淨並切丁。
2. 將B材料放進石臼裡搗碎，加入熱水，攪拌成醬。
3. 將沾醬淋在水果丁裡，稍作攪拌即可享用。

MEMO

Pelajaran 11

Boleh murah sedikit?

第十一堂課：可以便宜一點嗎？

學習重點

1. 學習殺價技巧。
2. 學習討價還價。
3. 重要句型：
   「Boleh＋形容詞＋sedikit?」
   「Saya kasih＋價格.」
   「Kalau beli＋數字／數量...」
4. 印尼特色食物的說法。

一、關鍵單字

boleh 可以

bisa 會、可以

murah 便宜

kurang 減少

sedikit 一點點

kasih 給

diskon 打折

kalau 如果

beli 買

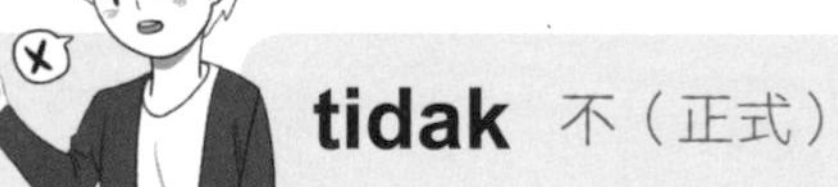

enggak 不（口語）

tidak 不（正式）

pelan 慢

cepat 快

banyak 多、很多

semua 全部

MP3-65

二、會話

Boolean murah sedikit? 可以便宜一點嗎？

Dewi　：Ini berapa, Pak?
先生，這個多少（錢）？

Penjual：Ini Rp. 45.000.
這個4萬5千印尼盾。

Dewi　：Boleh murah sedikit?
可以便宜一點嗎？

Penjual：Saya kasih diskon Rp. 5.000.
我給（妳）5千印尼盾的折扣。

Dewi　：Kalau beli dua, Rp. 70.000 bisa enggak?
如果買兩個，7萬印尼盾可以嗎？

Penjual：Wah, tidak bisa.
哇，不行。

小提醒：印尼語數字中的千位數用「點」（.）來表示。

三、重點句型

疑問句

「Boleh＋形容詞＋sedikit?」	可以形容詞一點嗎？
Boleh murah sedikit?	可以便宜一點嗎？
Boleh kurang sedikit?	可以少一點嗎？
Boleh pelan sedikit?	可以慢一點嗎？
Boleh cepat sedikit?	可以快一點嗎？

肯定句

「Saya kasih＋價格.」	我給（你）價格。
Saya kasih diskon Rp. 5.000.	我給（你）5千印尼盾的折扣。
Saya kasih Rp. 40.000.	我給4萬印尼盾。
Saya kasih Rp. 500.000.	我給50萬印尼盾。

肯定句

「kalau beli＋ 數字／數量...」	如果買數字／數量……
kalau beli dua	如果買兩個
kalau beli tiga	如果買三個
kalau beli banyak	如果買很多
kalau beli semua	如果買全部

四、練習唸唸看

練習 1 Boleh murah sedikit?

kurang

pelan

cepat

練習 2 Ini berapa?

Ini Rp. 1.000.

Rp. 2.300

Rp. 4.000

練習 3 Saya kasih diskon Rp. 5.000.

Rp. 6.000

Rp. 7.000

練習 4 Kalau beli dua, Rp. 70.000 bisa enggak?

tiga

empat

五、文法焦點

焦點1 疑問句「Ini berapa?」（這個多少（錢）？）

疑問代名詞「berapa」用在詢問數字或數量的時候。

- Ini berapa?　　這個多少（錢）？
- Itu berapa?　　那個多少（錢）？

焦點2 副詞「boleh」（可以）和「bisa」（會、可以）

「boleh」是「可以」的意思，通常用在詢問許可的時候。而「bisa」則同時包含「會」和「可以」的意思。

- Boleh murah sedikit?　　可以便宜一點嗎？
- Boleh saya masuk?　　我可以進來嗎？
- Saya bisa sedikit bahasa Indonesia.　　我會一點點印尼語。
- Tidak bisa.　　不行。

焦點3 基礎動詞「kasih」（給）

「kasih」用來表達「給」，是比較口語的方式。

- Ini kasih kamu.　　這個給妳。
- Kasih saya satu.　　給我一個。

焦點4 連接詞「kalau」（如果）

連接詞「kalau」是印尼語的基本連接詞之一。除了比較常見的「如果」的意思，也會用在反問對方的時候（較口語）。

- Kalau beli dua, berapa?　　如果買兩個，多少（錢）？
- Saya mau makan nasi goreng. Kalau kamu?　　我要吃炒飯。你呢？

焦點 5 否定副詞「tidak」（不、沒）和「enggak」（不、沒）

否定詞「tidak」和「enggak」都是「不、沒」的意思。「tidak」比較正式，有時候簡寫成「tak」，而「enggak」比較口語，經常簡單說成「gak」。這兩個字可以單獨使用，也可以搭配動詞或形容詞。

正式	口語
Tidak cantik. 不美。	Enggak cantik. 不美。
Tidak mau. 不要。	Enggak mau. 不要。
Tidak ada. 沒有。	Enggak ada. 沒有。

11

聽一聽 聽聽MP3，並選擇正確的答案。 MP3-66

1. Ini __________?
   A. berapa　　B. siapa　　C. apa
2. Boleh __________ sedikit?
   A. kurang　　B. cepat　　C. murah
3. Saya kasih diskon __________.
   A. Rp. 5.000.　　B. Rp. 4.000.　　C. Rp. 3.000.
4. Kalau beli __________?
   A. tiga　　B. satu　　C. dua
5. Ini __________.
   A. Rp. 5.000　　B. Rp. 3.000　　C. Rp. 2.000

說一說 請根據題目，說出正確的印尼語。

1. 如果你想要詢問可不可以便宜一點，你可以說：

   ____

2. 如果攤販給你折扣，他可能會說：

   ____

3. 如果想要詢問價錢，你可以問：

   ____

4. 「便宜」的印尼語是：

   ____

5. 如果要問「可以嗎？」，你可以說：

   ____

請選出正確答案，並試著唸出來。

1. 便宜

A. murah　　B. marah　　C. rumah

2. 可以

A. ada　　B. banyak　　C. boleh

3. 折扣

A. beli　　B. diskon　　C. kasih

4. 如果

A. kalau　　B. kalau　　C. berapa

5. 多少

A. tidak　　B. berapa　　C. enggak

請在空格內寫上正確的答案。

Dewi：Ini (1) ____________________?
這多少錢？

Penjual：Rp. 40.000.
4萬印尼盾。

Dewi：(2) ____________________ murah sedikit?
可以便宜一點嗎？

Penjual：Saya (3) ____________________ diskon Rp. 5.000.
我給你5千印尼盾的折扣。

Dewi：(4) ____________________ beli dua, Rp. 70.000 bisa enggak?
如果買兩個，7萬印尼盾可以嗎？

Penjual：Wah, (5) ____________________.
哇，不行。

11

印尼必買伴手禮

Q：以下哪一個不是印尼最佳伴手禮？

A. 峇迪布　　B. 紙鶴　　C. 營多泡麵　　D. 拉茶

在印尼各地旅遊，有不同的特產可以讓遊客大肆血拚一番。不過全國各地也有一些共通的伴手禮，可以說到各地的百貨公司都買得到。這些商品不僅便宜，也很適合分送給親戚朋友。

首先，一定要鼓勵大家來買印尼的國寶藝術——峇迪（Batik）蠟染。因為是一種歷史悠久的染布藝術，因此大部分會製作成上衣、錢包、包包、帽子等等，可以買的商品種類很多。其次，如果是吃的東西，那就一定要選購印尼的國民泡麵——營多泡麵（Indomie）。營多泡麵可說是人人推薦的印尼特產，雖然在世界各地都買得到了，但是在印尼本土還是最便宜。買回來送一兩包給朋友，肯定大受歡迎。

如果想要買具有印尼風味的飲料，那麼選擇就更多了。首先可以買的是一種瓶裝飲料，叫作「犀牛水」（Larutan Penyegar），瓶裝水上有一頭犀牛，所以很好認。印尼人認為犀牛水可以降火氣，所以天氣熱時，常會看到街上人手一瓶犀牛水。但如果考量到重量的話，當然是買三合一的沖泡式飲料帶回來台灣比較不費力，像是拉茶的即溶粉包。拉茶是印尼常見飲料之一，可以選購Max Tea等牌子，香濃的奶茶味，絕對讓你喝一口，就馬上有回到印尼的感覺。

1. Burung Kakaktua 鸚鵡歌
2. Pok Ame Ame 繞口令歌

動一動 Masukkan pensil ke dalam botol 把鉛筆放進瓶子裡

除了抱枕大戰之外，在印尼的獨立紀念日還有一個特別的活動，通常適合給小朋友玩。首先將鉛筆或任一種筆纏上繩子，將繩子綁在腰際上，鉛筆垂吊在屁股後方，比賽開始時，小朋友跑向前方的瓶子，然後轉身背對著瓶子，目標是要把鉛筆放進瓶子裡。這個比賽考驗耐力、毅力和身體靈活度。當然更具有娛樂效果。

煮一煮 Opor Ayam 咖哩雞（椰汁雞）

在印尼最常見的家鄉料理就是咖哩雞，或者說椰汁雞。最主要的配料就是椰奶、咖哩粉和雞。可以隨著自己的口味調整咖哩的辣度，是一道非常下飯的料理。印尼是香料之島，咖哩雞也帶有濃濃的香料味道，和其他地方的咖哩雞味道不一樣，有機會一定試試看。

食材

所需時間：45分鐘

A

食材	份量	食材	份量
蒜頭	10瓣	石栗果	4粒
紅蔥頭	10粒	咖哩粉	1大匙
大辣椒	5條	鬱金粉	1茶匙
小辣椒	5條	芫荽粉	4茶匙
南薑	1塊	月桂葉	3 片
香茅	2條		

B

食材	份量
紅蘿蔔	1條
馬鈴薯	3粒
番茄	2粒
大香菇	3粒
椰漿	400毫升
冷水	300毫升

C

食材	份量
雞腿	1.5公斤
大蒜粉	1茶匙
薑黃粉	1茶匙
咖哩粉	1茶匙
芫荽粉	2 茶匙
白胡椒粉	1 茶匙
冷水	200毫升

作法

1. 以C材料中的調味料來醃製雞肉，靜置在冰箱6小時。
2. 將A材料全部切碎爆香，加入B材料中的紅蘿蔔、馬鈴薯和水，以及醃好的雞肉，中火煮到軟。
3. 加入番茄、大香菇以及椰漿，煮滾即可關火上桌。

Pelajaran 12

Mau pesan apa?

第十二堂課：要點什麼？

學習重點

1. 學習如何點餐。
2. 學習說出各樣餐點。
3. 重要句型：
   「Mau＋動詞＋apa?」
   「Yang mana＋形容詞?」
   「Tidak pakai＋名詞.」
4. 食物、餐點等說法。

一、關鍵單字

pesan 訂購

makan 吃

minum 喝

yang mana 哪一個、哪一些

enak 好吃

pedas 辣

semuanya 全部

nasi goreng 炒飯

mi goreng 炒麵

nasi ayam 雞飯

tempe goreng 炸黃豆餅

sambal 辣椒醬

cabai 辣椒

saus 醬料

bawang putih 蒜頭

es 冰塊

pakai 用、使用、穿、放

ulangi 重複

betul 對

MP3-68

二、會話

Mau pesan apa? 要點什麼？

Pramusaji：Mau pesan apa, Pak?
先生，要點什麼？

Jokowi：Yang mana enak?
哪一個好吃？

Pramusaji：Semuanya enak.
全部（都）好吃。

Jokowi：Nasi goreng satu, tidak pakai sambal ya.
炒飯一個，不放辣椒醬喔！

Pramusaji：Saya ulangi ya, nasi goreng satu.
我重複喔，炒飯一個。
Tidak pakai sambal.
不放辣椒醬。

Jokowi：Ya, betul.
是，對的。

三、重點句型

疑問句

「Mau＋動詞＋apa?」	要動詞什麼？
Mau pesan apa?	要點什麼？
Mau makan apa?	要吃什麼？
Mau minum apa?	要喝什麼？
Mau beli apa?	要買什麼？

疑問句

「Yang mana＋形容詞?」	哪一個形容詞？
Yang mana enak?	哪一個好吃？
Yang mana pedas?	哪一個辣的？
Yang mana tidak pedas?	哪一個不辣的？
Yang mana cantik?	哪一個美？

肯定句

「Tidak pakai＋名詞.」	不放名詞。
Tidak pakai sambal.	不放辣椒醬。
Tidak pakai cabai.	不放辣椒。
Tidak pakai saus.	不放醬料。
Tidak pakai es.	不放冰塊。

四、練習唸唸看

練習 1 Mau pesan apa?

makan

minum

練習 2 Yang mana enak?

pedas

sedikit pedas

pedas

練習 3 Nasi goreng satu.

nasi ayam

mi goreng

tempe goreng

練習 4 Tidak pakai sambal.

cabai

saus

bawang putih

es

五、文法焦點

焦點1 基礎動詞「pesan」（訂、訂購）

在訂購商品、餐點、房間等的時候會用到「pesan」。其實，「pesan」本來是名詞，但是因為太普遍了，所以生活上都當動詞使用。

- Saya mau pesan tiket. 我要訂票。
- Saya mau pesan kamar. 我要訂房間。
- Saya mau pesan meja. 我要訂位（桌子）。

焦點2 疑問代名詞「Yang mana?」（哪一個？）

當用「Yang mana?」的方式詢問時，表示可回答的選項有限，如同中文的「哪一個？」或「哪一些？」。口語上會說「mana yang」。

- Yang mana enak? 哪一個好吃？
- Yang mana pedas? 哪一個是辣的？

焦點3 副詞「semuanya」（全部、所有）

「semuanya」除了用來表達「所有、全部」之外，在問候時，也可以用作「大家」的意思。

- Semuanya enak. 全部（都）好吃。
- Semuanya baik. 全部（都）好。
- Selamat pagi, semuanya. 早安，大家。

焦點 4 動詞「pakai」（使用、用、穿、放）

「pakai」是印尼語的基本動詞之一。通常加上名詞，表示「使用、用、穿、放」等意思。

- Pakai bahasa Indonesia. 使用印尼語（說話）。
- Pakai kartu kredit. 使用信用卡。
- Pakai sambal. 放辣椒醬。
- Pakai baju batik. 穿峇迪蠟染衣。

聽一聽 聽聽MP3，並選擇正確的答案。 MP3-69

1. Mau ___________ apa?
   A. pesan　B. makan　C. minum

2. Yang mana ___________?
   A. tidak pedas　B. pedas　C. enak

3. ___________ satu.
   A. mi goreng　B. nasi goreng　C. tempe goreng

4. Tidak pakai ___________.
   A. sambal　B. cabai　C. saus

5. Tidak pakai ___________.
   A. sambal　B. saus　C. cabai

說一說 請根據題目，說出正確的印尼語。

1. 服務員如果詢問「要點什麼？」，會說：

____

2. 如果要點一份炒飯，可以說：

____

3. 如果要叮嚀「不要加辣椒醬」，可以說：

____

4. 如果要叮嚀「不要加醬料」，可以說：

____

5. 如果要問「哪一個好吃？」，可以說：

____

請選出正確答案，並試著唸出來。

1. 訂購
   A. enak　B. pedas　C. pesan
2. 哪一個
   A. yang mana　B. berapa　C. siapa
3. 好吃
   A. pedas　B. enak　C. ayam
4. 炒飯
   A. tempe goreng　B. mi goreng　C. nasi goreng
5. 全部
   A. semuanya　B. pakai　C. betul

請在空格內寫上正確的答案。

Pramusaji：Mau (1) ________________________ apa, Pak?
要點什麼，先生？

Jokowi：(2) ________________________ enak?
哪一個好吃？

Pramusaji：(3) ________________________ enak.
全部都好吃。

Jokowi：(4) __________________ satu, tidak (5) __________________ sambal ya.
炒飯一個，不放辣椒醬喔。

12

印尼的路邊平民美食

Q：以下哪一個不是印尼街頭美食？

A. 肉丸麵　B. 蚵仔煎　C. 烤肉串　D. 慢煎餅

印尼的美食很多，尤其是路邊攤，更是讓很多遊客趨之若鶩。就像台灣的夜市小吃，印尼也有很多路邊攤很值得推薦。首先，要推薦的是肉丸麵（mi bakso）。印尼的肉丸，跟大家熟悉的貢丸類似，但是通常是牛肉做的，所以口感比較不一樣。

第二個要推薦給大家的是烤肉串（sate）。烤肉串使用的肉類，一般也是以雞肉、牛肉為主，只有在峇里島才會找到豬肉的烤肉串。印尼的街頭攤販還是很傳統地使用炭火來烤，所以風味特別，從很遠的地方就可以聞到香味。

再來為大家介紹一種大受歡迎的甜食──慢煎餅（martabak manis）。印尼的慢煎餅和台灣的有些不一樣，台灣的以放花生粉為主，可是印尼的則會加上不同的口味，例如巧克力、起士等等，此外還會加上煉乳，因此非常甜，深受印尼民眾喜愛。

印尼人會選擇到路邊攤解決午餐或晚餐，其中有一種熱門的食物類似台灣的關東煮，那就是印尼關東煮（cilok），看起來像是用魚肉做的，其實也不全是。因為作法有很多種，包括用牛肉或魚肉，加上樹薯粉等，搓成圓圓的，然後下鍋油炸之後，再放到熱水中燙過。最後淋上花生醬，是很多人的晚餐首選。

1. Telur Dadar 達達蛋
2. Cicak Cicak Di Dinding 牆壁上的壁虎

動一動 Petak Umpet 貓抓老鼠

這個遊戲可說是全世界的小孩子都玩過的遊戲，在印尼也很受歡迎。其中一個人當貓，閉上眼睛，讓其他的小朋友有時間去躲藏起來，然後倒數結束之後，當貓的人就開始去尋找其他躲藏起來的小朋友。看誰最後被找到，就是贏家。

煮一煮 Telur Balado 辣椒炸蛋

在印尼各大小鎮要解決午晚餐，很多人也會選擇到自助餐店裡。而自助餐店裡總是會有一些固定菜色，其中有一道雞蛋料理，是幾乎全印尼各地都找得到的，那就是「辣椒炸蛋」。火紅色的辣椒裹著雞蛋，讓人胃口大開！製作方式特別簡單，來試試看吧！

食材

所需時間：30分鐘

A	
水煮雞蛋	6粒
洋蔥	2顆
糖	適量
鹽巴	適量
檸檬汁	適量
水	適量

B	
大辣椒	10條
小辣椒	5條
紅蔥頭	10粒
蒜頭	5瓣
蝦醬	1大匙

作法

1. 將雞蛋煮熟、去殼，然後放到熱油鍋裡炸至表面金黃，撈起待用。
2. 將B材料的大辣椒、小辣椒等全部放進攪拌機打碎成辣椒糊。
3. 再另起油鍋，將辣椒糊爆香，加入洋蔥絲、少許水，把蛋放進辣椒糊中，加入鹽巴、糖及少許檸檬汁調味，煮至滾，即可享用。

Pelajaran 13

Mau minum apa?

第十三堂課：要喝什麼？

學習重點

1. 學習如何詢問有什麼飲料。
2. 學習說出自己要點的飲料。
3. 重要句型：
   「Ada＋名詞＋apa saja?」
   「Tidak pakai＋名詞.」
   「Yang＋形容詞.」
4. 印尼的特色飲料等說法。

MP3-70

一、關鍵單字

minum 喝

minuman 飲料

makanan 食物

film 電影

apa saja 什麼

bermacam-macam 各式各樣

seperti 例如、好像

yang 的

jus 果汁

dingin 冷

panas 熱

es 冰塊

susu 牛奶

teh tawar 無糖茶

es kopi 冰咖啡

jus jeruk 柳橙汁

manis 甜

MP3-71

二、會話

Mau minum apa? 要喝什麼？

Pramusaji：Mau minum apa, Pak?
先生，要喝什麼？

Jokowi：Ada minuman apa saja?
有什麼飲料呢？

Pramusaji：Ada bermacam-macam seperti teh, kopi dan jus.
有很多種例如茶、咖啡和果汁。

Jokowi：Kopi satu, tidak pakai gula ya.
咖啡一杯，不加糖喔！

Pramusaji：Kalau kopi, mau yang dingin atau yang panas?
那咖啡的話，要冷的還是熱的？

Jokowi：Kopi panas.
熱咖啡。

三、重點句型

疑問句

「**Ada＋名詞＋apa saja?**」	**有什麼名詞呢？**
Ada minuman apa saja?	有什麼飲料呢？
Ada makanan apa saja?	有什麼食物呢？
Ada film apa saja?	有什麼電影呢？

肯定句

「**Tidak pakai＋名詞.**」	**不加名詞。**
Tidak pakai gula.	不加糖。
Tidak pakai es.	不加冰塊。
Tidak pakai susu.	不加牛奶。

肯定句

「**Yang＋形容詞.**」	**形容詞的。**
Yang dingin.	冷的。
Yang panas.	熱的。
Yang manis.	甜的。

四、練習唸唸看

練習 1 Ada minuman apa saja?

kopi
teh
jus

練習 2 Ada bermacam-macam seperti teh, kopi dan jus.

teh manis, es kopi dan jus jeruk
teh tawar, kopi panas dan jus apel

練習 3 Tidak pakai gula.

es
susu

練習 4 Saya mau yang dingin.

panas
manis

13

五、文法焦點

焦點1 疑問代名詞「apa saja」（什麼）

「apa saja」算是一種片語，由「apa」（什麼）和「saja」（只、而已）組成，常用在問句中，以詢問某些事物的詳細狀況。

· Ada minuman apa saja? 有什麼飲料呢？

· Ada makanan apa saja? 有什麼食物呢？

· Ada film apa saja? 有什麼電影呢？

焦點2 形容詞「bermacam-macam」（各式各樣）

「bermacam-macam」的字根是「macam」（種類），重複兩次代表複數性，因此形成「各式各樣」的意思。

· Ada bermacam-macam makanan di Taiwan.
在台灣有各式各樣的食物。

· Ada bermacam-macam minuman di sini.
在這裡有各式各樣的飲料。

焦點3 連接詞「seperti」（例如、好像）

「seperti」用在需要舉例和比喻的時候。

· Ada banyak makanan di Indonesia seperti nasi goreng dan tempe goreng.
在印尼有很多的食物，例如炒飯和炸黃豆餅。

· Kamu seperti anak kecil.
你好像小孩一樣。

焦點4 連接詞「yang」（的）

連接詞「yang」用來連接名詞和形容詞，但也可以直接連接形容詞，用法類似中文的「的」。

- Yang dingin. 冷的。
- Yang panas. 熱的。
- Yang manis. 甜的。
- Yang pedas. 辣的。

聽一聽 聽聽MP3，並選擇正確的答案。 MP3-72

1. Mau ___________ apa, Pak?
   A. memesan　B. makan　C. minum

2. Ada ___________ apa saja?
   A. minuman　B. minum　C. dingin

3. Ada bermacam-macam ___________ teh, kopi dan jus.
   A. tidak　B. seperti　C. pakai

4. Tidak pakai ___________.
   A. gula　B. es　C. sambal

5. Mau ___________ atau yang panas?
   A. yang dingin　B. yang panas　C. yang kurang manis

說一說 請根據題目，說出正確的印尼語。

1. 服務員要詢問客人「要喝什麼？」，他會說：

____

2. 要詢問「有什麼飲料呢？」，可以問：

____

3. 要點「一杯咖啡」，可以說：

____

4. 要說「不加糖」，可以說：

____

5. 要點「熱咖啡」，可以說：

____

請選出正確答案，並試著唸出來。

1. 喝

   A. minum　　B. makan　　C. gula

2. 例如

   A. panas　　B. seperti　　C. atau

3. 咖啡

   A. jus　　B. teh　　C. kopi

4. 茶

   A. teh　　B. jus　　C. kopi

5. 冷

   A. panas　　B. gula　　C. dingin

請在空格內寫上正確的答案。

Pramusaji：Selamat (1) ______________________.
歡迎光臨。
Mau (2) ______________________ apa, Pak?
要喝什麼，先生？

Jokowi：Ada minuman (3) ______________________?
有什麼飲料呢？

Pramusaji：Ada (4) ______________________ seperti teh, kopi dan jus.
有很多種例如茶、咖啡和果汁。

Jokowi：Kopi satu, tidak (5) ______________________ gula ya.
咖啡一杯，不加糖喔！

13

印尼的特色飲料

Q：以下哪一個是印尼的特色飲料？

A. 水果茶（sop buah） B. 冰煎蕊（es cendol）

C. 冰茶（es teh） D. 炭燒咖啡（kopi joss）

印尼人喜歡喝茶和咖啡，所以從街頭小攤子到餐廳，都一定點得到茶（teh）或咖啡（kopi）。如果想點冰的，就可以在飲料名稱前加上「冰」（es）這個字，例如：冰茶（es teh）、冰咖啡（es kopi）。

冰茶的部分，通常都是紅茶類居多，如果要不加糖的茶，就要點「es teh tawar」，「tawar」的意思是「淡」，指不加糖。如果可以喝加了糖的茶，那就是「teh manis」，「manis」是甜的意思。

印尼還有一些特色飲料，最值得推薦的應該是「冰煎蕊」（es cendol），「cendol」是一種類似米苔目口感的配料，通常加上一些椰奶和椰糖，再加些冰塊攪拌一起喝，是印尼人最喜歡的清涼飲料。

另外還有「水果冰茶」（sop buah），雖然名稱中有「茶」字，其實是各式水果例如西瓜、火龍果、鳳梨、木瓜、草莓等切丁之後，加入糖漿、煉乳、椰糖和冰塊，攪拌在一起之後，就是一道簡單又容易製作的午後茶點了。

還有一個很特別的飲料是在日惹（Yogyakarta）街頭才見得到的「炭燒咖啡」（kopi joss），攤販會將一塊燒得通紅的炭直接放進咖啡裡，據說這樣喝有助改善身體，祛寒解熱，可說是名副其實的「炭燒咖啡」啊！

1. Lagu 17 Agustus Tahun 45 一九四五年八月十七日
2. Indonesia Raya 偉大的印尼

動一動 Kelereng 玩彈珠

玩彈珠是過去在印尼鄉村常見的童玩。因為彈珠容易取得，因此，小孩子們在午後的時光，經常會聚在村子的空地玩彈珠。彈珠的玩法有很多種，其中一種是在沙地上畫一個圈圈，將彈珠放在圈圈內，接著用手指彈彈珠，如果能擊中對手的彈珠，那麼彈珠就變成你的，贏得最多彈珠的人就是最後的贏家。

煮一煮 Klepon 爆漿椰絲球

若是說到印尼的甜點小吃，那就一定要介紹這個綠色的爆漿椰絲球了。這個在印尼被稱作klepon，在新馬一帶被稱作onde-onde，其實就是南洋版的麻糬。吃起來有著淡淡的芋香味道，以及軟嫩的口感，加上內餡是椰糖，所以讓人愛不釋手。因為製作過程簡單容易，所以在台灣的印尼商店也常常會看到有人在賣哦！

食材

所需時間：30分鐘

A	
木薯粉	1茶匙
糯米粉	200公克
砂糖	20公克
班蘭葉汁	適量
水	適量

B	
椰絲	適量
椰糖或紅糖	適量

作法

1. 將木薯粉、糯米粉、砂糖、班蘭葉汁和水攪拌均勻成麵糰，直到不黏手即可。注意班蘭葉汁和水要慢慢加入粉糰裡。
2. 將麵糰搓成一個個小圓球，輕輕在中間壓一個小洞，包入適量的椰糖，收口捏緊，再搓圓。
3. 將搓好的小圓球放入熱水中煮，浮起後即可撈起，放涼備用。
4. 將煮熟的小圓球外皮裹上椰絲，即可享用。

Pelajaran 14

Mau main ke mana?

第十四堂課：要去哪裡玩？

學習重點

1. 學習如何詢問對方的去向。
2. 學習說出自己要去的地方或要做的動作。
3. 重要句型：
   「Mau＋動詞＋ke mana?」
   「Pergi ke＋名詞.」
   「Pergi＋動詞.」
4. 常見的地點和動作等說法。

一、關鍵單字

main 玩

ke mana 去哪裡

berencana 計畫、預計

pergi 去

sama 和、跟、一樣

untuk 為了

teman sekolah 學校同學

ikut 跟著

tapi 但是

dulu 先

ayo 來吧

nanti 待會兒

sekarang 現在

museum 博物館

pasar 市場

kantor 辦公室

sekolah 學校

bandara 機場

toko 店

berwisata 旅遊

berjalan-jalan 逛逛

MP3-74

二、會話

Mau main ke mana? 要去哪裡玩？

Dewi：Mas Budi, mau main ke mana nanti sore?
布迪哥，待會兒下午要去哪裡玩？

Budi：Saya berencana untuk pergi ke museum.
我計畫要去博物館。

Dewi：Sama siapa?
跟誰？

Budi：Teman sekolah. Mau ikut?
學校同學。要跟著來嗎？

Dewi：Boleh, tapi saya harus pergi makan dulu.
可以，但是我需要先去吃東西。

Budi：Ayo, kita pergi sekarang.
來吧，我們現在去。

三、重點句型

疑問句

「Mau＋動詞＋ke mana?」	要去哪裡動詞？
Mau main ke mana?	要去哪裡玩？
Mau pergi ke mana?	要去哪裡？
Mau berwisata ke mana?	要去哪裡旅遊？

肯定句

「Pergi ke＋名詞.」	去名詞。
Pergi ke museum.	去博物館。
Pergi ke pasar.	去市場。
Pergi ke kantor.	去辦公室。

肯定句

「Pergi＋動詞.」	去動詞。
Pergi makan.	去吃東西。
Pergi berjalan-jalan.	去逛逛。
Pergi berbelanja.	去購物。

四、練習唸唸看

練習 1 Mau main ke mana?

pergi

berwisata

berjalan-jalan

練習 2 Pergi ke museum.

sekolah

kantor

bandara

toko

練習 3 Pergi makan.

minum

berbelanja

berwisata

練習 4 Mau ke mana nanti sore?

siang

malam

五、文法焦點

疑問代名詞「ke mana」（去哪裡）

「ke mana」是印尼語的基本疑問代名詞，用在詢問去向的時候。另外，「mau ke mana?」也是印尼社會中的常用問候語。

· Mau ke mana?　要去哪裡？
· Mau main ke mana?　要去哪裡玩？

連接詞「sama」（和、跟）

「sama」是「和、跟」的意思，通常使用在口語的情境中。正式的寫法是「dan」（和）以及「dengan」（跟）。同時，「sama」也有「一樣」的意思。

· Saya mau nasi goreng sama kopi.　我要炒飯和咖啡。
· Kamu pergi sama siapa?　你跟誰去？

複合詞的語順

在印尼語的構詞方式中，最普遍的是「複合詞」，是指將兩個不同意思的字排列在一起，形成新的名詞。複合詞的形式有三種，即「名詞＋名詞」、「名詞＋形容詞」和「名詞＋動詞」。

· 名詞＋名詞
kereta＋api = kereta api
車廂　火　火車
· 名詞＋形容詞
celana＋panjang = celana panjang
褲子　長　長褲
· 名詞＋動詞
nasi＋goreng = nasi goreng
飯　炒　炒飯

焦點 4

連接詞「tapi」（但是）

連接詞「tapi」是印尼語的基礎連接詞，用來表示轉折語氣。

- Saya orang Taiwan tapi tinggal di Jakarta sekarang.
  我是台灣人但是現在住在雅加達。
- Dia orang Indonesia tapi tidak makan pedas.
  他是印尼人但是不吃辣。

焦點 5

介係詞「untuk」（為了、給）

介係詞「untuk」用來連接原因、目的、對象等。

- Ini untuk kamu. 這個給你。
- Kamu datang ke Indonesia untuk apa? 你來印尼是為了什麼？

聽一聽　聽聽MP3，並選擇正確的答案。 MP3-75

1. Mau ___________ ke mana?
   A. berwisata　B. main　C. pergi
2. Mau pergi ke ___________.
   A. museum　B. pasar　C. bandara
3. Pergi ___________ siapa?
   A. sama　B. dengan　C. dan
4. Saya harus pergi ___________ dulu.
   A. makan　B. berjalan-jalan　C. berbelanja
5. ___________, kita pergi sekarang.
   A. Tapi　B. Kalau　C. Ayo

說一說　請根據題目，說出正確的印尼語。

1. 詢問對方「要去哪裡？」，可以說：

____

2. 詢問對方「要跟著來嗎？」，可以說：

____

3. 「但是」的印尼語是

____

4. 「去博物館」的印尼語是

____

5. 「去吃東西」的印尼語是

____

請選出正確答案，並試著唸出來。

1. 玩
   A. minum　B. makan　C. main
2. 學校
   A. sekolah　B. kantor　C. bandara
3. 旅遊
   A. toko　B. berwisata　C. berjalan-jalan
4. 去哪裡
   A. ke mana　B. di mana　C. dari mana
5. 但是
   A. sama　B. tapi　C. kalau

寫一寫　請在空格內寫上正確的答案。

Dewi：Mas Budi, mau main (1) ____________________ nanti sore?
布迪哥，待會兒下午要去哪裡玩？

Budi：Mau pergi (2) ____________________ museum.
我計畫要去博物館。

Dewi：(3) ____________________ siapa?
跟誰？

Budi：Teman sekolah. (4) ____________________?
學校同學。要跟著來嗎？

Dewi：Boleh tapi saya harus (5) ____________________ dulu.
可以但是我需要先去吃東西。

著名的印尼旅遊景點

Q：以下哪一個地方不在印尼？

A. 峇里島　　B. 熱浪島　　C. 日惹　　D. 雅加達

印尼有很多有待世人發掘的自然美景，除了大家比較熟悉的峇里島（Pulau Bali）之外，另一個世界級的旅遊勝地非日惹（Yogyakarta）莫屬了。當然很多人初訪印尼，也會先到首都雅加達（Jakarta）去。以下就為大家介紹這三個地方。

首先，世界聞名的峇里島之所以能成為世界級的旅遊景點，可說是具備了天時、地利、人和的要素。峇里島有別於印尼其他地方，是以印度教為主，人民生活虔誠，祭拜各式神明，因此島上有很多歷史悠久的寺廟讓遊客參觀，體驗神聖的宗教生活。此外，峇里島的海邊適合衝浪、火山地形適合耕作，亦有美麗的梯田景觀。峇里島集合宗教、美景、文化、人文於一身，絕對是此生必遊的地方。

而日惹（Yogyakarta）也是世界級的旅遊景點，當地擁有兩座世界文化遺產──婆羅浮屠佛教寺廟和普蘭巴南印度教寺廟，皆建於西元8到9世紀之間。除此之外，日惹也是爪哇文化的發源地，包括峇迪蠟染藝術（Batik）、皮影戲（Wayang kulit）和傳統打擊樂隊甘美朗（Gamelan）等都可以在這裡看到。所以，日惹被譽為是印尼的文化中心，非常值得到此一遊。

作為印尼首都的雅加達，當然也是值得到訪的城市之一。除了在老城區（Kota tua）有很多荷蘭殖民時期的建築物之外，行政中心區裡也有許多著名地標，像是雅加達地標國家獨立紀念碑（Monas）、大清真寺（Masjid Istiqlal）、天主教堂（Gereja Kathedral）和總統府（Istana Negara）都在這一區。此外，雅加達的唐人街（Glodok）也值得大家來看看，在這裡會遇到很多會說福建話、廣東話或客家話的華人移民，另有一番風情。

1. Halo Halo Bandung 哈囉哈囉萬隆
2. Rasa Sayang Sayange 感覺到愛

動一動 Tepuk Nyamuk 心臟病

「心臟病」是小時候大家都熟悉的撲克牌遊戲，玩法是先發給每人一些蓋著的牌，再輪流一邊報數、一邊翻出手中的牌，假設翻出來的牌和唸出來的數字一樣，那麼玩家們就要出手朝那張牌拍下去。最後拍的人就算輸，需要把桌上的牌都拿去。贏家就是最先把手上的牌翻完的人。這個遊戲在印尼也很流行，只是名稱叫作「Tepuk Nyamuk」，意思是「拍蚊子」，是不是很有在地特色呢？

煮一煮 Pastel Keong 咖哩角

印尼人實在太喜歡吃咖哩雞了，所以發明了一種有咖哩雞元素的點心，通常在早餐或下午茶的時間吃。這個點心是鹹食點心，是路邊攤常見的點心。雖然製作過程稍嫌繁瑣，但是只要吃過一次剛炸起來的咖哩角，肯定會讓你沒齒難忘啊！

食材

所需時間：45分鐘

A 皮料

麵粉	130公克
粘米粉	30公克
薯粉	30公克
牛油	30公克
冰水	70毫升
鹽巴	適量

B 餡料

馬鈴薯（切丁）	300公克
洋蔥（切丁）	半顆
雞絞肉	150公克
肉類咖哩粉	1湯匙
辣椒粉	1茶匙
咖哩葉	1束
鹽巴	適量
水	適量

作法

1. 起油鍋，爆香洋蔥丁，加入B材料中的雞絞肉、馬鈴薯丁、咖哩葉等拌炒，加入適量的水悶煮約5分鐘，再掀開鍋蓋繼續煮直到水收乾，加入鹽巴、肉類咖哩粉、辣椒粉調味，起鍋放涼備用。
2. 將A材料中的粉類和鹽巴混合均勻後，加入融化的牛油攪拌均勻，再加入冰水揉成麵糰。蓋上保鮮膜，在室溫靜置約15分鐘。
3. 將麵糰均分成約13份，桿成圓片，放上餡料，收口。
4. 用中火炸至金黃色即可上桌。

Pelajaran 15

Kapan mau ke Bali?

第十五堂課：何時要去峇里島？

學習重點

1. 學習如何詢問「何時」。
2. 學習說出不同的時間。
3. 重要句型：
   「Kapan＋要詢問的事?」
   「Kenapa＋動詞／完整句子?」
   「時間名詞／名詞＋berapa?」
4. 時間和日期等說法。

MP3-76

一、關鍵單字

kapan 何時

kenapa 為什麼

karena 因為

ulang tahun 生日

mulai 開始

rapat 會議

ujian 考試

jam ……點鐘（時間）

menit ……分鐘（時間）

tahun 年

bulan 月份

tanggal 日期

nomor 號碼

mungkin 可能

kayaknya 好像（口語）

sampai 到

bersama 一起

teman 朋友

pulang 回去

rumah 家、屋子

其他時間 MP3-77

星期一到星期日	
Senin	星期一
Selasa	星期二
Rabu	星期三
Kamis	星期四
Jumat	星期五
Sabtu	星期六
Minggu	星期日

這星期、下星期、上星期	
minggu ini	這星期
minggu depan	下星期
minggu lalu	上星期

這個月、下個月、上個月	
bulan ini	這個月
bulan depan	下個月
bulan lalu	上個月

今天、明天、後天、昨天、前天	
hari ini	今天
besok	明天
lusa	後天
kemarin	昨天
kemarin dulu	前天

今年、明年、去年	
tahun ini	今年
tahun depan	明年
tahun lalu	去年

月份					
Januari	一月	Februari	二月	Maret	三月
April	四月	Mei	五月	Juni	六月
Juli	七月	Agustus	八月	September	九月
Oktober	十月	November	十一月	Desember	十二月

MP3-78

二、會話

Kapan mau ke Bali? 何時要去峇里島？

Dewi：Mas Budi, kapan mau main ke Bali?
布迪哥，何時要去峇里島玩？

Budi：Mungkin pergi bersama dengan teman bulan depan.
可能下個月跟朋友一起去。

Dewi：Kenapa tidak pergi minggu depan?
為什麼不下星期去呢？

Budi：Karena besok ada ujian.
因為明天有考試。

Dewi：Ujiannya sampai tanggal berapa?
考試到幾號呢？

Budi：Kayaknya sampai tanggal 7, hari Senin.
好像到7號，星期一。

小提醒：「-nya」是對話時習慣加的後綴，有強調之意。

三、重點句型

疑問句

「**Kapan＋要詢問的事?**」	**何時要詢問的事**？
Kapan mau main ke Bali?	何時要去峇里島玩？
Kapan ulang tahun kamu?	你的生日是何時？
Kapan mulainya rapat?	會議何時開始？

疑問句

「**Kenapa＋動詞／完整句子?**」	**為什麼動詞／完整句子**？
Kenapa tidak pergi?	為什麼不去？
Kenapa dia tidak pergi?	他為什麼不去？
Kenapa saya harus datang?	我為什麼需要來？

疑問句

「**時間名詞／名詞＋berapa?**」	**多少／幾時間名詞／名詞**？
Tanggal berapa?	幾號（日期）？
Jam berapa?	幾點？
Tahun berapa?	哪一年？
Nomor berapa?	幾號（號碼）？

四、練習唸唸看

練習 1 Kapan mau main ke Bali?

pulang ke rumah

pergi makan

練習 2 Mungkin bulan depan.

minggu depan

tahun depan

練習 3 Besok ada ujian.

Hari ini

Kemarin

Lusa

練習 4 Kayaknya sampai hari Senin.

Selasa

Rabu

Kamis

Jumat

Sabtu

Minggu

五、文法焦點

焦點1 疑問代名詞「kapan」（何時）

「kapan」是印尼語的基本疑問代名詞，用在詢問「何時」。

· Kapan mau ke Bali?　　何時要去峇里島？
· Kapan ulang tahun kamu?　　何時是你的生日？

焦點2 副詞「mungkin」（可能）

「mungkin」用來表達「可能」的情況。

· Mungkin besok.　　可能是明天。
· Mungkin akan pergi.　　可能會去。

焦點3 疑問代名詞「kenapa」（為什麼）

「kenapa」是印尼語的基本疑問代名詞，用在詢問「為什麼」。另一個常見的同義字是「mengapa」。

· Kenapa mau pergi?　　為什麼要去？
· Kenapa tidak datang?　　為什麼沒來？

焦點4 連接詞「karena」（因為）

連接詞「karena」是印尼語的基礎連接詞，用來連接因果關係的語句。

· Saya belajar bahasa Indonesia karena saya cinta Indonesia.
我學印尼語是因為我愛印尼。
· Dia tidak pergi karena sakit.
他不去是因為生病了。

焦點5 疑問代名詞「berapa」（多少）的其他用法

疑問代名詞「berapa」可以搭配不同的名詞，形成不同的問句形式。

· Tanggal berapa? 幾號（日期）？
· Nomor berapa? 幾號（號碼）？

焦點6 介係詞「dengan」（跟、和）

介係詞「dengan」是用來表達「跟、和」的意思，用法類似英語的「with」。

· Dia pergi ke Bali dengan temannya. 他跟他的朋友去峇里島。
· Budi dengan Hasan tinggal sekampung. 布迪和哈山住在同一個村子。

小測驗

聽一聽 聽聽MP3，並選擇正確的答案。 MP3-79

1. ____________ mau main ke Bali?
   A. Ke mana　B. Kapan　C. Kenapa

2. Mungkin ____________.
   A. bulan depan　B. bulan ini　C. bulan lalu

3. ____________ tidak pergi minggu depan?
   A. Apa　B. Kenapa　C. Ke mana

4. Ujiannya sampai ____________ berapa?
   A. tanggal　B. nomor　C. jam

5. Kayaknya sampai hari ____________.
   A. Senin　B. Selasa　C. Kamis

說一說 請根據題目，說出正確的印尼語。

1. 「今天」的印尼語是

____

2. 「明天」的印尼語是

____

3. 「下個月」的印尼語是

____

4. 「下星期」的印尼語是

____

5. 「何時」的印尼語是

____

請選出正確答案，並試著唸出來。

1. 何時

   A. kapan　　B. kenapa　　C. ke mana

2. 可能

   A. kayaknya　　B. mungkin　　C. sampai

3. 下個月

   A. minggu depan　　B. tanggal berapa　　C. bulan depan

4. 為什麼

   A. kenapa　　B. dari mana　　C. ke mana

5. 因為

   A. karena　　B. tapi　　C. kalau

請在空格內寫上正確的答案。

Dewi：Mas Budi, (1) ______________________ mau (2) ______________________ ke Bali?

布迪哥，何時要去峇里島玩？

Budi：Mungkin (3) ______________________.

可能下個月。

Dewi：(4) ______________________ tidak pergi minggu depan?

為什麼不下星期去呢？

Budi：(5) ______________________ besok ada ujian.

因為明天有考試。

峇迪蠟染藝術（Batik）

Q：以下哪一個不是印尼傳統藝術？

A. 摺紙藝術　　B. 傳統打擊樂隊甘美朗

C. 峇迪蠟染藝術　　D. 皮影戲

印尼的傳統藝術非常迷人，其中包括峇迪蠟染藝術（Batik）、傳統打擊樂隊甘美朗（Gamelan）、皮影戲（Wayang Kulit）、搖竹樂器（Angklung）等等。在眾多傳統文化和藝術中，峇迪蠟染藝術可説是最廣為人知。

蠟染藝術，是一種古老的手工染布工藝，這個工藝可見於許多國家，包含印尼、馬來西亞、新加坡、印度、菲律賓等等，其中，印尼政府為了宣導峇迪蠟染藝術的美，挹注了非常多的資源，不僅成功讓峇迪蠟染藝術成為印尼全國的藝術文化代表，聯合國教科文組織更早在2009年10月，即將印尼的峇迪納入人類重要口傳與無形文化資產。

印尼峇迪有不同的樣式，不同地區也出產不同的花樣。以爪哇島為例，因當地受到印度、中國、爪哇本土等不同文化影響，發展出豐富多元的峇迪樣式，也是目前在樣式、技術以及工匠技巧上發展和保存得最完整的地區。另外像是日惹地區的峇迪則有開山刀（Parang）、四角形（Kawung）等經典的傳統圖案，這些圖案在過去只限皇室成員穿著，因此給人莊嚴的感覺。而印尼的其他地區，也因為地理環境不同，有些會加上一些花草或動物圖案，有些則是顏色比較鮮豔，這些都豐富了峇迪的樣貌。

因此，很多人才會説，到印尼一定要帶一、兩件峇迪蠟染衣回來才不枉此行啊！

1. Naik Becak 坐三輪車
2. Layang-layang 風箏

動一動 Bersepeda di atas jembatan 在橋上騎腳踏車

印尼的獨立紀念日會舉辦很多趣味性的活動，其中最特別的就屬這個活動了，那就是人們會在村子裡的小河或湖水中，搭建起一條小小窄窄的橋，這個橋通常也不是筆直的，而是彎彎曲曲的。為什麼要這樣做呢？為的是讓民眾在這橋上騎腳踏車，如果能順利通過而不掉進河裡的人就獲勝！所以這個活動難度很高，但也充滿了歡笑。

煮一煮 Pisang Goreng 炸香蕉

說到印尼經典小吃，必推炸香蕉了。印尼香蕉種類很多，有一些適合直接吃，另一些則適合拿來油炸。由於印尼盛產香蕉，所以自然而然地，炸香蕉成為街頭最常見的小吃。最常見、最有印尼風味的下午茶，也當推黑咖啡搭配炸香蕉了。

食材

所需時間：20分鐘

熟香蕉	一串	白糖	1大匙
低筋麵粉	300公克	鹽巴	少許
低脂奶粉	2大匙	冷水	適量
雞蛋	1粒		

作法

1. 將香蕉去皮，對半切，備用。
2. 將麵粉、奶粉、雞蛋、白糖和鹽巴加入冷水，攪拌均勻成濃稠的麵糊。
3. 起油鍋，將香蕉放進麵糊裡，然後放進油鍋，用中火炸至金黃色即可。

Pelajaran 16

Naik apa ke Monas?

第十六堂課：搭什麼車去獨立紀念碑？

學習重點

1. 學習詢問怎麼搭車。
2. 學習說出不同的交通工具。
3. 重要句型：
   「Harus naik apa ke＋地點?」
   「Kamu bisa naik＋交通工具.」
   「Kedengarannya＋形容詞.」
4. 常見的交通工具等說法。

一、關鍵單字

naik 搭乘

tempat 地方

menarik 有趣的

harus 應該、必須、需要

jurusan 路線

kedengarannya 聽起來

mudah 方便

lebih 比較

bus 巴士

ojek 機車計程車

taksi 計程車

kereta api 火車

pesawat 飛機

becak 三輪車

mobil 汽車

museum 博物館

keraton 皇宮

istana negara 總統府

bersejarah 有歷史的

indah 優美的

bagus 棒

hebat 厲害

cepat 快

pengen 想要（口語）

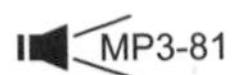

二、會話

Naik apa ke Monas? 搭什麼車去獨立紀念碑？

Dewi：Mas Budi, aku pengen ke Monas.
布迪哥，我想要去獨立紀念碑。

Budi：Ya, Monas tempat yang menarik.
是，獨立紀念碑是一個有趣的地方。

Dewi：Harus naik apa ke sana?
應該搭什麼車去那裡？

Budi：Kamu bisa naik bus jurusan Blok M.
你可以搭往Blok M的巴士。

Dewi：Kedengarannya mudah sekali.
聽起來很方便。

Budi：Kalau naik ojek, lebih mudah.
如果搭機車計程車，更（比較）方便。

三、重點句型

疑問句

「Harus naik apa ke＋地點?」	應該搭什麼車去地點？
Harus naik apa ke Monas?	應該搭什麼車去獨立紀念碑？
Harus naik apa ke pasar?	應該搭什麼車去市場？
Harus naik apa ke sana?	應該搭什麼車去那裡？

肯定句

「Kamu bisa naik＋交通工具.」	你可以搭交通工具。
Kamu bisa naik bus.	你可以搭巴士。
Kamu bisa naik taksi.	你可以搭計程車。
Kamu bisa naik ojek.	你可以搭機車計程車。

肯定句

「Kedengarannya＋形容詞.」	聽起來形容詞。
Kedengarannya mudah sekali.	聽起來方便極了。
Kedengarannya bagus.	聽起來很棒。
Kedengarannya boleh.	聽起來可以。

四、練習唸唸看

練習 1 Harus naik apa ke Monas?
museum
keraton
istana negara

練習 2 Monas tempat yang menarik.
bersejarah
indah

練習 3 Kamu bisa naik bus.
taksi
kereta api
pesawat

練習 4 Kedengarannya mudah sekali.
bagus
hebat

練習 5 Kalau naik ojek, lebih mudah.
becak murah
mobil cepat

五、文法焦點

焦點1 基礎動詞「naik」（搭乘）

印尼語中的交通工具都是用「naik」來表達「搭乘」的動作。

· Saya naik bus ke sekolah.　　我搭巴士去學校。
· Kalau ke Bali, harus naik apa?　　如果去峇里島，應該搭什麼車？

焦點2 副詞「harus」（應該、必須、需要）

這是一個相當常見的副詞，通常表達「應該、必須、需要」的意思。

· Saya harus permisi dulu.　　我需要先告辭。
· Kamu harus datang.　　你應該要來。

焦點3 副詞「lebih」（比較）

副詞「lebih」用在需要比較的地方，通常後面會接形容詞。

· Ini lebih cantik.　　這個比較美。
· Itu lebih murah.　　那個比較便宜。

焦點4 動詞「kedengarannya」（聽起來）

動詞「kedengarannya」的字根是「dengar」（聽），而「kedengarannya」是「聽起來」的意思。

· Kedengarannya bagus sekali.　　聽起來棒極了。
· Kedengarannya hebat sekali.　　聽起來厲害極了。

聽一聽 聽聽MP3，並選擇正確的答案。 MP3-82

1. ____________ naik apa ke sana?
   A. Bisa　B. Harus　C. Mau
2. Kamu bisa ____________ bus jurusan Blok M.
   A. naik　B. pergi　C. pulang
3. Kedengarannya ____________ sekali.
   A. murah　B. mudah　C. marah
4. Kalau naik ojek, ____________ mudah.
   A. kurang　B. tidak　C. lebih
5. Monas tempat yang ____________.
   A. bersejarah　B. menarik　C. indah

說一說 請根據題目，說出正確的印尼語。

1. 「火車」的印尼語是
____
2. 「計程車」的印尼語是
____
3. 「機車計程車」的印尼語是
____
4. 「搭乘」的印尼語是
____
5. 「有趣」的印尼語是
____

讀一讀 請選出正確答案，並試著唸出來。

1. 搭乘
   A. naik B. baik C. pengen
2. 有趣
   A. bersejarah B. indah C. menarik
3. 應該
   A. harus B. mudah C. bisa
4. 巴士
   A. ojek B. bus C. taksi
5. 方便
   A. murah B. mudah C. marah

請在空格內寫上正確的答案。

Dewi：Mas Budi, aku (1) ________________ ke Monas.
布迪哥，我想要去獨立紀念碑。

Budi：Ya, Monas tempat yang (2) ________________.
是，獨立紀念碑是一個有趣的地方。

Dewi：(3) ________________ naik apa ke sana?
應該搭什麼車去那裡？

Budi：Kamu bisa (4) ________________
(5) ________________ jurusan Blok M.
你可以搭往Blok M的巴士。

印尼的首都雅加達

Q：雅加達位於哪一個島上？

A. 蘇門答臘　B. 蘇拉威西　C. 爪哇　D. 婆羅洲

雅加達（Jakarta）是印尼的首都和最大的城市，位於爪哇島的西北邊，是一個海岸城市，也是印尼的經濟、文化和政治中心。人口約有一千萬人，面積約660平方公里，大約是台北市的2.4倍。

雅加達是在大約15世紀時建立，原本只是芝利翁河口（Sungai Ciliwung）的小漁村，但由於地理位置得天獨厚，早在15世紀時就已經發展成重要的商港，殖民時代更曾經是荷屬東印度公司總部的所在地，與歐洲、亞洲的貿易交流相當頻繁。在經過不同殖民勢力的占領後，慢慢變成了現在繁榮的景象。

在行政區劃分上，雅加達為雅加達省，雖屬於印尼的34個省級行政區之一，但同時也自成一首都特區（Daerah Khusus Ibukota Jakarta，簡稱DKI Jakarta），因此其首長也被稱為省長。雅加達省底下分成5個行政市，即：東雅加達、西雅加達、中雅加達、北雅加達和南雅加達，以及1個行政省，即：千島群島。

在氣候方面，雅加達長年高溫多雨，四季如夏，是熱帶季風氣候。一年只分成雨季和旱季，雨季大約在11月到4月之間。由於雅加達也如同其他海岸城市般面臨海平面上升的問題，因此每逢雨季下暴雨時，容易造成水災。如果在雅加達工作時碰到「水災假」，也不用感到太意外囉！

1. Pelangi 彩虹
2. Bangun Pagi 早上起床

動一動 Makan Kerupuk 吃蝦餅

蝦餅（kerupuk）是印尼民間常見的零食小吃，大部分的餐點，例如炒飯、雜菜飯、炒麵等都會配上蝦餅。由於蝦餅實在太普遍了，後來在獨立紀念日時，各鄉鎮或小學會舉辦「吃蝦餅比賽」。這個比賽的趣味性在於，將蝦餅懸掛在一條繩子上，參加者不得用手去抓著蝦餅，而是只能用嘴巴去咬蝦餅。誰先吃完，誰就是贏家。

煮一煮 Martabak Daging 煎牛肉蛋麥餅

印尼街頭有一種小吃，相當受到當地人的歡迎，那就是martabak（麥餅）。其實麥餅可以分成鹹、甜兩種。這裡介紹的是鹹的，即用牛絞肉等製作而成的小吃，有點像蛋餅裡面加上肉末的口感。如果是甜的，則會加上起司、玉米、巧克力米等配料。

食材

所需時間：45分鐘

A	
潤餅皮	15片
牛絞肉	230公克
青蔥	6根
雞蛋	4粒
蒜頭	3瓣
洋蔥	1顆
水	適量

B	
鹽	1茶匙
胡椒粒	1茶匙
肉荳蔻	1/4 顆
糖	1茶匙
蘑菇粉	適量（可不加）

作法

1. 將洋蔥、青蔥切絲備用。起油鍋，爆香洋蔥、蒜頭及青蔥，加入牛絞肉，再加上適量的水，用中火煮到收汁。
2. 加入B的所有調味料，轉小火煮至完全收汁。
3. 加入三個全蛋、一個蛋黃（蛋白不要丟掉），攪拌均勻，起鍋放涼。
4. 用湯匙挖適量絞肉糰到潤餅皮上，包成正方形，接著用蛋白塗在餅皮的邊緣，協助將餅皮黏起來。
5. 另起油鍋，將餅皮煎至金黃色，即可上菜。

附 錄

附錄1：印尼五大島嶼

附錄2：疑問代名詞、連接詞、介係詞、副詞

附錄3：印尼美食、印尼特色飲料

附錄4：常見的商店、機關

小測驗解答

附錄1：印尼五大島嶼

1. Kalimantan 加里曼丹

2. Sumatera 蘇門答臘

3. Papua 巴布亞

4. Sulawesi 蘇拉威西

5. Jawa 爪哇

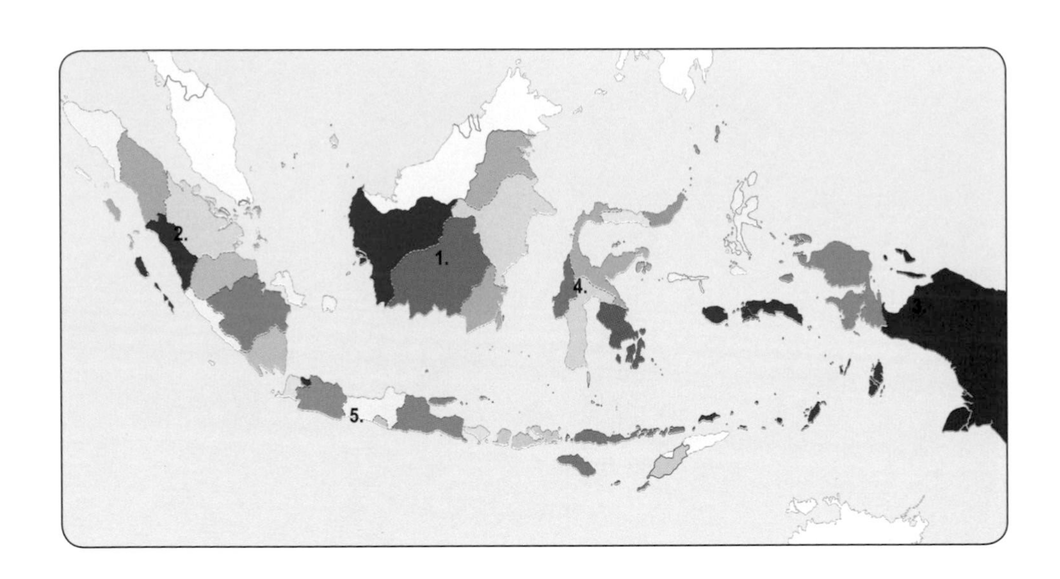

附錄2：疑問代名詞、連接詞、介係詞、副詞

疑問代名詞

	疑問代名詞	例句
1	apa 什麼	Kamu mau pesan apa? 你要點什麼？
2	apa saja 什麼	Ada minuman apa saja? 有什麼飲料？
3	apakah 是否	Apakah kamu orang Taiwan? 你是否是台灣人？
4	siapa 誰	Nama kamu siapa? 你的名字是什麼（誰）？
5	di mana 在哪裡	Kamu tinggal di mana? 你住在哪裡？
6	ke mana 去哪裡	Kamu mau ke mana? 你要去哪裡？
7	dari mana 來自哪裡	Kamu dari mana? 你來自哪裡？
8	kenapa 為什麼	Kenapa tidak pergi? 為什麼不去？
9	berapa 多少	Ini berapa? 這個多少錢？
10	kapan 何時	Kapan mau ke Bali? 何時要去峇里島？
11	yang mana 哪一個	Yang mana lebih baik? 哪一個比較好？

連接詞

	連接詞	例句
1	dan 和	Saya mau pesan nasi uduk dan teh panas. 我要點椰漿飯和熱茶。
2	sama 和、跟	Saya mau nasi goreng sama kopi. 我要炒飯和咖啡。
3	atau 或、還是	Kamu mau nasi atau mi? 你要飯還是麵？
4	tapi 但是	Saya orang Taiwan tapi sekarang tinggal di Jakarta. 我是台灣人但是現在住在雅加達。
5	kalau 如果	Kalau saya ada uang, saya mau pergi ke Bali. 如果我有錢，我要去峇里島。
6	karena 因為	Dia tidak pergi karena sakit. 他不去因為生病了。
7	seperti 例如、好像	Ada banyak makanan di Indonesia seperti nasi goreng dan tempe goreng. 在印尼有很多的食物，例如炒飯和炸黃豆餅。
8	yang 的	Yang dingin. 冷的。

介係詞

	介係詞	例句
1	di 在	Tinggal di mana? 住在哪裡？
2	ke 去	Mau ke mana? 要去哪裡？
3	dari 來自	Dari mana? 來自哪裡？
4	untuk 為了	Kamu datang ke Indonesia untuk apa? 你來印尼為了什麼？
5	dengan 跟	Dia pergi ke Bali dengan temannya. 他跟他的朋友去峇里島。

副詞

	副詞	例句
1	mau 要	Mau ke mana? 要去哪裡？
2	sudah 已經	Sudah makan belum? 吃過了沒？
3	belum 還沒	Saya belum makan. 我還沒吃。
4	sekali 非常、極了	Baik sekali. 好極了。
5	dulu 以前	Dulu saya pernah bekerja di Taipei. 以前我曾在台北工作。
6	boleh 可以	Boleh murah sedikit? 可以便宜一點嗎？
7	bisa 會、可以	Saya bisa sedikit bahasa Indonesia. 我會一點點印尼語。
8	tidak 不、沒	Tidak cantik. 不美。
9	enggak 不、沒（口語）	Enggak mau. 不要。
10	bukan 不是	Saya bukan orang Taiwan. 我不是台灣人。
11	mungkin 可能	Mungkin besok. 可能是明天。
12	harus 應該、必須、需要	Saya harus permisi dulu. 我需要先告辭。
13	lebih 比較	Ini lebih cantik. 這個比較美。
14	semuanya 全部、所有	Semuanya enak. 全部（都）好吃。

附錄3：印尼美食、印尼特色飲料

印尼美食

印尼語	中文	印尼語	中文
Nasi goreng	炒飯	Kue	糕點、蛋糕
Mi goreng	炒麵	Roti	麵包
Gado-gado	涼拌蔬菜	Klepon	椰絲球
Soto ayam	薑黃雞湯	Srabi Solo	小可麗餅
Mi bakso	肉丸麵	Onde-onde	芝麻球
Sate	烤肉串	Kerak Telur	蛋餅
Tempe goreng	炸黃豆餅	Kue Lapis	千層糕
Rendang	巴東牛肉	Kue Ku	紅龜糕
Lontong Sayur	蔬菜米糕	Pisang Goreng	炸香蕉
Telur Balado	辣椒炸蛋	Cakwe	炸油條
Pecel	涼拌辣醬蔬菜	Rujak	水果沙拉
Nasi Kuning	薑黃飯	Martabak Manis	甜慢煎餅
Bakmi	肉燥麵	Martabak Daging	煎肉慢煎餅
Bakwan	炸蔬菜餅	Pangsit	炸餛飩
Siomay	蒸魚餃	Tahu Goreng	炸豆腐
Nasi Uduk	椰漿飯	Lumpia	炸春捲
Nasi Ayam	雞飯	Cilok	印尼關東煮
Opor Ayam	椰汁雞	Bebek Goreng	髒鴨飯
Babi Guling	烤乳豬	Cap Cai	什錦蔬菜
Ayam Betutu	香料雞	Bubur Ayam	雞肉粥

印尼特色飲料

印尼語	中文	印尼語	中文
Teh	茶	Es Cendol	冰煎蕊
Es Teh	冰茶	Es Dawet	冰煎蕊
Teh Panas	熱茶	Susu Soda	牛奶汽水
Teh Tawar	無糖茶	Bandrek	紅糖薑茶
Teh Manis	甜紅茶	Susu	牛奶
Kopi	咖啡	Jus Jeruk	柳橙汁
Kopi Pahit	無糖咖啡	Bir Bintang	啤酒
Susu Kopi	咖啡牛奶	Aqua Botol	瓶裝礦泉水
Es Kopi	冰咖啡	Es Campur	剉冰
Es Teler	水果冰	Es Buah	水果冰
Sop Buah	水果冰	Es Kelapa Muda	冰椰子水
Wedang Ronde	湯圓水	Wedang Jahe	薑母茶

附錄4：常見的商店、機關

常見的商店、機關

印尼語	中文	印尼語	中文
rumah	屋子、房子	museum	博物館
kantor	辦公室	keraton	皇宮
sekolah	學校	istana negara	總統府
pasar	市場	masjid	清真寺
warung	商店（通常是食物相關的店家）	gereja	教堂
toko	商店	candi	印度教／佛教寺廟
warung tegal (warteg)	自助餐店	kelenteng	宮廟
warung internet (warnet)	網咖	klinik	診所
warung kopi (warkop)	咖啡店	apotek	藥局
rumah sakit	醫院	hotel	飯店
stasiun	火車站	bandara	飛機場
terminal bus	巴士總站	halte bus	巴士站牌

小測驗解答

第一堂課

一、聽一聽

1. C　2. B　3. A　4. C　5. B　6. B　7. A　8. C　9. D　10. B

第二堂課

一、聽一聽

1. A　2. C　3. C　4. A　5. A　6. B　7. C　8. A

二、說一說 MP3-83

1. Saya cinta kamu. 我愛你。
2. Silakan duduk. 請坐。
3. Minta maaf. 對不起。
4. Hati-hati di jalan. 路上小心。
5. Sudah makan belum? 吃過了沒？
6. Selamat sore. 下午好。
7. Terima kasih. 謝謝。
8. Selamat pagi. 早安。

三、讀一讀

1. A　2. B　3. C　4. C　5. B　6. C　7. B　8. A

四、寫一寫

1. baju　2. hujan　3. cantik　4. gula　5. kue　6. teman　7. sekolah
8. belajar

第三堂課

一、聽一聽

1. A　2. C　3. B　4. C　5. B

二、說一說 MP3-84

1. Syukurlah! 感恩啊！
2. Saya suka nyanyi. 我喜歡唱歌。
3. Bunga itu wangi. 那朵花很香。
4. Ini makanan khas Indonesia. 這是印尼美食。

三、讀一讀

1. B　2. A　3. C　4. A　5. A　6. C　7. C　8. B　9. A　10. A

四、寫一寫

1. banyak　2. kenyang　3. nyonya　4. singa　5. bungkus

第四堂課

一、聽一聽

1. A　2. A　3. C　4. B　5. C

二、說一說 MP3-85

1. Apa kabar? 你好嗎？
2. Kabar baik. 很好。
3. Selamat jalan. 慢走。
4. Terima kasih. 謝謝。
5. Selamat pagi. 早安。

三、讀一讀

1. D　2. E　3. A　4. B　5. C

四、寫一寫

1. pagi　2. siang　3. sore　4. malam　5. jalan

第五堂課

一、聽一聽

1. B　2. A　3. C　4. A　5. C

二、說一說 MP3-86

1. Selamat datang. 歡迎光臨。
2. Ibu 女士
3. Saya senang belajar bahasa Indonesia. 我很喜歡學習印尼語。
4. Embak 姐姐
5. Ayo! 來吧！

三、讀一讀

1. C　2. A　3. A　4. B　5. B

四、寫一寫

(1) Selamat siang　(2) Bapak　(3) datang　(4) Terima kasih　(5) senang

第六堂課

一、聽一聽

1. C　2. A　3. C　4. B　5. A

二、說一說 MP3-87

1. Nama Bapak siapa? 先生您的名字是什麼？
2. Nama Ibu siapa? 女士您的名字是什麼？
3. Nama kamu siapa? 你（妳）的名字是什麼？

4. Saya orang Taiwan. 我是台灣人。

5. Kamu siapa? 你是誰？

三、讀一讀

1. B　2. A　3. C　4. C　5. B

四、寫一寫

(1) siapa　(2) kamu　(3) saya　(4) siswa　(5) Ya

第七堂課

一、聽一聽

1. B　2. C　3. A　4. B　5. C

二、說一說 MP3-88

1. Kamu dari mana? 你來自哪裡？

2. Saya dari Taiwan. 我來自台灣。

3. Perkenalkan 介紹一下

4. Saya guru di Taipei. 我是在台北的老師。

5. Saya sehat. 我（很）健康。

三、讀一讀

1. A　2. B　3. C　4. C　5. A

四、寫一寫

(1) Perkenalkan　(2) nama　(3) dari mana　(4) Saya　(5) dari

第八堂課

一、聽一聽

1. C　2. C　3. B　4. A　5. A

二、說一說 MP3-89

1. Kamu tinggal di mana? 你住在哪裡？
2. Kamu bekerja di mana? 你在哪裡工作？
3. Kamu berada di mana? 你（人）在哪裡？
4. Saya tinggal di Taipei. 我住在台北。
5. Rumah saya di Taipei. 我的家在台北。

三、讀一讀

1. A　2. C　3. B　4. A　5. B

四、寫一寫

(1) tinggal　(2) di　(3) tinggal di Jakarta　(4) bekerja　(5) kantor saya

第九堂課

一、聽一聽

1. B　2. A　3. B　4. C　5. B

二、說一說 MP3-90

1. Ini apa? 這是什麼？
2. Ini kain Batik. 這是蠟染布。
3. Itu apa? 那是什麼？
4. Ini kopi. 這是咖啡。
5. Ini bukan kopi. 這不是咖啡。

三、讀一讀

1. A　2. C　3. B　4. B　5. A

四、寫一寫

(1) Ini apa　(2) kain batik　(3) kain batik　(4) Bukan　(5) kain songket

第十堂課

一、聽一聽

1. C　2. A　3. B　4. C　5. B

三、讀一讀

1. C　2. A　3. B　4. A　5. C

四、寫一寫

1. Ini berapa?
2. Mobil ini harganya berapa?
3. Kasih saya roti satu dan kopi satu.
4. Ini empat ratus lima puluh ribu Rupiah.

第十一堂課

一、聽一聽

1. A　2. C　3. B　4. C　5. A

二、說一說 MP3-91

1. Boleh murah sedikit? 可以便宜一點嗎？
2. Saya kasih diskon. 我給（你）折扣。
3. Ini berapa? 這個多少（錢）？
4. murah 便宜
5. Bisa enggak? / Boleh enggak? 可以嗎？

三、讀一讀

1. A　2. C　3. B　4. A　5. B

四、寫一寫

(1) berapa　(2) boleh　(3) kasih　(4) kalau　(5) tidak bisa

第十二堂課

一、聽一聽

1. A　2. C　3. B　4. A　5. C

二、說一說 MP3-92

1. Mau pesan apa? 要點什麼？
2. Nasi goreng satu. 一份炒飯。
3. Tidak pakai sambal. 不要加辣椒醬。
4. Tidak pakai saus. 不要加醬料。
5. Yang mana enak? 哪一個好吃？

三、讀一讀

1. C　2. A　3. B　4. C　5. A

四、寫一寫

(1) pesan　(2) yang mana　(3) semuanya　(4) nasi goreng　(5) pakai

第十三堂課

一、聽一聽

1. C　2. A　3. B　4. A　5. A

二、說一說 MP3-93

1. Mau minum apa? 要喝什麼？
2. Ada minuman apa saja? 有什麼飲料呢？
3. Kopi satu. 一杯咖啡。
4. Tidak pakai gula. 不加糖。
5. Kopi panas. 熱咖啡。

三、讀一讀

1. A　2. B　3. C　4. A　5. C

四、寫一寫

(1) datang　(2) minum　(3) apa saja　(4) bermacam-macam　(5) pakai

第十四堂課

一、聽一聽

1. B　2. C　3. A　4. B　5. C

二、說一說 MP3-94

1. Mau ke mana? 要去哪裡？
2. Mau ikut? 要跟著來嗎？
3. tapi 但是
4. pergi ke museum 去博物館
5. pergi makan 去吃東西

三、讀一讀

1. C　2. A　3. B　4. A　5. B

四、寫一寫

(1) ke mana　(2) ke　(3) sama　(4) mau ikut　(5) pergi makan

第十五堂課

一、聽一聽

1. B　2. A　3. B　4. A　5. A

二、說一說 MP3-95

1. hari ini 今天
2. besok 明天
3. bulan depan 下個月

4. minggu depan 下星期
5. kapan 何時

三、讀一讀

1. A　2. B　3. C　4. A　5. A

四、寫一寫

(1) kapan　(2) main　(3) bulan depan　(4) Kenapa　(5) Karena

第十六堂課

一、聽一聽

1. B　2. A　3. B　4. C　5. B

二、說一說 MP3-96

1. kereta api 火車
2. taksi 計程車
3. ojek 機車計程車
4. naik 搭乘
5. menarik 有趣的

三、讀一讀

1. A　2. C　3. A　4. B　5. B

四、寫一寫

(1) pengen　(2) menarik　(3) Harus　(4) naik　(5) bus

附錄

國家圖書館出版品預行編目資料
印尼語輕鬆學 新版 / 王麗蘭著
-- 修訂初版 -- 臺北市：瑞蘭國際, 2023.08
240面；17 × 23公分 --（繽紛外語；124）
ISBN：978-626-7274-48-4（平裝）
1. CST：印尼語 2. CST：讀本
803.9118 112012868

繽紛外語系列 124

印尼語輕鬆學 新版

作者｜王麗蘭・責任編輯｜葉仲芸
校對｜王麗蘭、葉仲芸

錄音解說｜王麗蘭、Chelsie（陳雲珍）、Ignatius Theodore Nico（洪小豪）
錄音室｜采漾錄音製作有限公司
封面設計｜余佳憓、陳如琪・版型設計、內文排版｜余佳憓・美術插畫｜Syuan Ho

瑞蘭國際出版

董事長｜張暖彗・社長兼總編輯｜王愿琦
編輯部
副總編輯｜葉仲芸・主編｜潘治婷
設計部主任｜陳如琪
業務部
經理｜楊米琪・主任｜林湲洵・組長｜張毓庭

出版社｜瑞蘭國際有限公司・地址｜台北市大安區安和路一段104號7樓之1
電話｜(02)2700-4625・傳真｜(02)2700-4622・訂購專線｜(02)2700-4625
劃撥帳號｜19914152 瑞蘭國際有限公司・瑞蘭國際網路書城｜www.genki-japan.com.tw

法律顧問｜海灣國際法律事務所　呂錦峯律師

總經銷｜聯合發行股份有限公司・電話｜(02)2917-8022、2917-8042
傳真｜(02)2915-6275、2915-7212・印刷｜科億印刷股份有限公司
出版日期｜2023年08月初版1刷・定價｜420元・ISBN｜978-626-7274-48-4

本書採用環保大豆油墨印製